一人

坂上吾郎小説集

玲風書房

目次

笠井　五
帽子　三七
待った　七七
あの頃　一二九
夕日　一六三
鈴鹿峠　二一一

一人 I

坂上吾郎小説集

表紙挿画　野見山　暁治

笠井

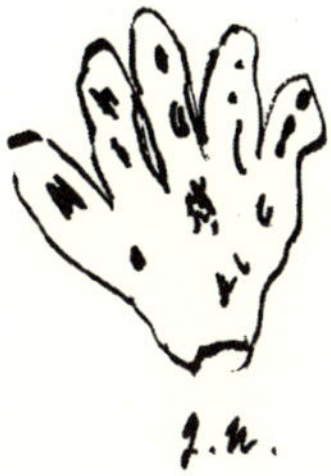

笠井は浜松駅から北東へ三〇キロ、バスで四十分ほど行ったところである。今では、立派に舗装されたバス通りも、当時は狭い砂埃の舞うデコボコの道だった。

昭和二十四年の夏、彼は十七歳だった。

初めて行く笠井というバス停で降りて、教えられた道順を頭の中で辿りながら、強い日差しに耐えて、汗をふきふき歩いて行った。

「カマキリジイサン、イネカリニ、カマヲカツイデ　アゼミチヲ　トオイタンボニイソギマス」

歩調に合わせて一心に繰りかえしくり返し、幼稚な誦文を小学生に戻ったように口の中で唱えながら歩いた。

暑いだけなら、まだよかったが、暑いのに加えて重かった。重いだけならまだいいが、重い上に痛かった。

彼は片方の手に、織物工場で使う機械の部品をもっていた。その部品は下打専用

Ｆの部のＮ６番でサイド・レバー・ブラケットというものだった。彼には織機の何処に使うものか、わからなかった。ただ鉄のハガネのように硬いピストルのような形をして、金属の針が何本も出ていた。その針が持っている方の腿や膝にチクチク当って痛いのだ。

そのために、少し手を体から離すようにしなければならないので、腕は疲れるし歩き難いのだった。

戦後のどさくさから、少しづつ復興のきざしが見えはじめ、衣食住の衣は、戦前、豊田佐吉翁が発明した豊田式自動織機をアメリカ軍も認め、逸ち早く生産が開始された。

そこで、豊田式織機の亜流が次ぎつぎに製造され、織屋は布地を織れば何でも売れた。世にいう「ガチャマン」時代で、織機がガチャンと音をたてるたびに一萬円儲かるといわれた。

その頃笠井は織物の町で、大小の織物工場に整径《サイジング》の工場などが、数十軒はあった。

織物工場には、東北から毎年何百人もの女工さんたちがやってきた。大きな織物工場では、百人も女工がいて、中には東北美人も何人かいたから、織屋のお神さんは旦那を工場へ入れなかった。一人で仕事を取り仕切った。

ガチャンと音がすると一萬円儲かるが、工場の中へ入らなければ、旦那の仕事は織物組合の寄り合いか、選挙の応援くらいである。選挙のたびに演説会場は、いつも旦那衆でいっぱいになった。しかし、選挙は初中終《しょっちゅう》あるわけではない。旦那衆は仕方なく、楽しきは、後に柱、前に酒、左右に女、懐に金、を地で行くように、せっせと芸者遊びに耽った。

笠井には、うなぎ屋は一軒だが、その頃は芸者が百人もいた。風雨に晒された笠井郵便局は、今も往時の風格を残して、閉められたままの古い洋風の戸扉に、かつて女工たちが、せっせと家元に僅かな郵便為替や貧しい便りを書き送ったのが、偲ばれる。

笠井弁天もある。今では顧みられない古色を帯びてすっかり骨董のようになってしまったが、わびしさのうちに弁天様に願かけた少女たちの姿が泛び上がってくるようである。

彼の勤めている工場は、松木鉄工株式会社といって、織機を作っていた。豊田佐吉で有名な豊田式織機を真似た自動織機で、N式といっていた。

綿の反物を織る小幅の織機と違い、四十四インチという広幅の織機は、戦争に負けた上、アメリカの空襲で都市が焼き払われ、住、食、衣の順で窮乏をきわめていた頃、戦車のように堂々として見えた。

松木鉄工の資本金は十九萬八千円で、社員の給料は、彼のような新前小僧は三千円。腕の立つ職工は六千円くらいだったが、たった一人N式織機の技術に精しい南村さんだけは一萬円も貰っていると噂されていた。

織屋は三代続かないといわれ、ガチャ萬の時代は早くも過ぎ去りつつあった。それでも織機工場はまだまだ生産が追いつかなかった。

南村さんは高給取りではあったが、殆んど毎日が徹夜に近かった。四四《よんよん》というのは広幅の織機では一番小さかったが、部品の数は織機の枠になる大きな鋳物のフレームや、経糸を張る筬《おさ》に、シャットルを走らせる木製の杼箱《ひばこ》のように大きなものから、フットレバーとかブラックレバーのような指の先くらいのものまで数えると四百五十点もの部品で組み立てられている。

それでいてN式つまりN型織機の技術に通じているのが、何しろ南村さんただ一人で、あとは一々指示を仰いで動いている始末だった。

出来上るまでも能率が悪かったが、出来上った織機がなかなか動かない。漸く納品はしたものの、思うように布が織れない。そのうちに部品が毀れる。

彼は、日曜日にその毀れた部品の取替品を、大切な客である織物工場へ届けに行くというわけであった。

資本金十九萬八千円の松木鉄工は、浜松市のやや北部にあった。当時はまだ資金調整令という戦時中の法制度が残っていた、十九萬八千円という半端な資本金も戦争中に軍需工場以外は資本の集中が禁じられていて、資本金は二十萬円までに抑えられていたためだった。だから、大抵の会社は皆、資本金が十九萬八千円だったのである。

彼が松木鉄工へ就職したのは、戦死した父の弟に当る叔父から、彼の一家がひどい目に逢わされ、焼夷弾で焼野原のT市で路頭に投げ出されたためであった。彼はそのために旧制中学を中退して働きに出なければならなくなった。

捨てる神あれば、拾う神あるという神さま程ではないが、そんなとき、彼を松木鉄工所へ世話してくれたのは父の旧部下の一人で、浜松在住の人だった。

勾坂《さぎさか》潔さんは、実直そのものの見るからに堅物だったが、父のいつの部下であり、階級が何であったのか、母も知らなかった。

ただ戦死した彼の父を大変尊敬しているといって、困窮のはてにいる元聯隊長の家族を放って置けないという心情を熱心に語られたそうだ。彼はしかし、直接は聞いていない。

もともと勾坂さんが現れたのは、一人の、これも父の元部下という人を連れてくるためだった。

その人は彼にも覚えがあった。

覚えがあるといっても、彼が五歳の頃、その人は彼の家に一週間程寝起きしたことがあったのだが、勿論、顔は覚えていない。

白河さんというその人は、しかし、彼が学校へ行っているとき、勾坂さんと一緒にきたので、つまり彼が五歳のときの白河さんを覚えていたということで、面影を思い浮かべることもできなかった。

当時の彼の家は、東京の代々木の坂の上にあった。代々木の坂を登って行く左側は広い原っぱだった。

昨日も今日も
向うの原で
兵隊さーんが

いくさのけいこ
トッテチッチ
トッテッチ
トッテチッチ
トッテッチ

原っぱは練兵場で、ときどき本当に兵隊さんが演習をした。家の前の舗装してない土の坂道を、兵隊がドタドタドタと大勢通った。

彼の家は坂を登りきった右側の二階家で、夕立がくると雷鳴が轟いた。道を挟んで向かい側の原っぱは、道路より少し高くなっていて、コンクリートの狭いドブを渡って二段くらい上ると一面芝生の原がひらけていた。

五歳の彼は、コンクリートのドブを渡り損って、ドブに落ちたことがあった。そのときの傷が、ずっと右の眉に残った。

原っぱは年に一度芝生を焼いて、めらめらと炎えたのと、ときどき凧爺さんがきて、大きな凧を揚げた。

原っぱの奥に松林があった。

その向こうは崖で、崖の下には街が見えた。

その代々木の原っぱは戦後東京オリンピックの会場になり、今では都営住宅が建っていると聞いたが、彼は見に行った訳ではない。

白河さんは父の部下だったらしいが、主計の仕事をしていたとかで、五歳の子供にも軍人らしくは見えなかった。小指のツメを長く伸ばし、黄色がかった爪が不潔に見えた。その小指の爪が、白河さんのことを忘れさせなかったといえる。

何でも白河さんは軍隊の金をごまかしたのが見つかって、営倉（軍隊の牢屋）に入れられたのを父が弁償して身柄を貰い受けてきたのだった。

彼の父は俸給を全部部下と呑んでしまう酒豪で、金の余裕はなかった。そのために、満州事変の軍功で貰った功五級の金鵄勲章のお下賜金を下ろしたのである。金鵄勲章は生涯年金だったが、このとき以外にこのお下賜金を下ろしたことはなかったが、戦争に負けて、全部タダの紙切れになった。

白河さんは、いつまでも逗留しているわけにもいかず、出立することになった。

「男は体一つに寝具さえあれば、どこへ行っても大丈夫だ」

と父は、母に布団を一組ズックに入れて持たせるようにいった。

彼の家は父の転勤のために、布団ズックは幾組もあったから、そのうちの一つに布団を入れて母は用意した。

すると父は、

「これから、新しく人生に旅立つものに、古い物を持たせるのか!」

といきなり大きな声を出した。

びっくりした母は、姐やをつれて三越へでかけた。五歳の彼は何も知らなかったが、後に母から何度もきかされた。母は驚きよりも心底惘《あき》れた口ぶりだった。

その白河さんを勾坂さんは、

「お前ほど聯隊長のお世話になった者はおらん」

といって連れてきた。

白河さんは、仏壇に一萬円供えた。

浜松の中心街で、立派に商売をしているということだったが、白河さんはそれきり、一度も来なかった。

勾坂さんは、兄が機料商を手広く営んでいて、その支店のようなことをしていた。それで勾坂機料商会の取引関係の松木鉄工所を世話してくれたのだった。

ともかく白河さんの一萬円で、半年くらい暮らした。

代々木西原の家では、二階の奥の間が父の部屋だった。階段を登った取付きの部屋には、タタミの上に大きな豹の毛皮が敷いてあった。

豹の毛皮は、頭もついていて、爪もついていた。

「豹は死して皮のこす。人は死して名を残す」

と、父はほろ酔い機嫌のとき、その毛皮の脇を通りながら一人呟いていたものだ。

だが、ある日手をつきながらも、不用意に階段を上りきった五歳の彼の目の前に、全く思いがけなく、その毛皮の豹がのっそりと現れたのである。あまりのことに声をのんだ彼は、階段の下までころげ落ちた。彼は豹に喰われなかった安堵感と同時に、その豹が、毛皮を被って四つん這いの真似をした姉であることがわかった。

夕立とカミナリは東京の名物で、坂口安吾に「東京カミナリ地図」というのがある。カミナリ地図で、代々木の高台のカミナリがどうなっていたか知らないが、カミナリが、この坂の上の二階家だけを狙ったように、ピカッ、ゴロゴロ、ドーンとくる。

母と姉と彼と三人は停電で真暗な階下で、蚊帳の中で、じっと息をころしていた。やがて雷が通りすぎ、雨音も静かになると、電気が灯く。蚊帳の中の三人は、恐る恐る這い出すが、二階の父はもの音一つしない。そっと二階へ上って見ると、何と父は、煌々とついた電気の下で、腕枕の高鼾といった有様であった。

とにかく母は怖がりで、父は全く恐ろしいものなしという、奇妙なコントラストの中で彼は育った。

代々木の家が、昔ばなしのようにだんだん遠くなって行く中で、白河さんの小指の爪が不思議に記憶を呼び戻してくれるのだった。

松木鉄工所へは勾坂さんの家から通った。寺島町にあった勾坂さんの家は、道路を堀り下げてつくったガードをくぐって、東海道線の南側にあった。雨が降ると、ガードに水が溜って通れなくなる。彼は廻り道をしなければならなかった。

勾坂機料商会で勾坂さんがどんな仕事をしていたのか、勾坂さんは当時出来たばかりのバタバタというオートバイ自転車に乗っていた。奥さんは、小肥りで見るからに田舎出の人のいいオバサンの見本のような人だった。

どういうわけか、勾坂さんは、そのバタバタで出かけるときだけ、奥さんにむつかしい顔をした。内心得意で、格好をつけていたのかも知れなかった。

会社の雑用係は川田さんという四十年輩の係長がいて、その下は小池君という若い人で、彼はその下で、別に何の役職もなかった。

彼は会社の経営のことなど全く思いもよらなかった。それでも経理課長の半場さんには、松木社長も一目おいているのはわかった。社員は皆半場さんには丁寧に挨拶した。半場課長の下に若い女性が一人いた。

安藤重子は文字通り紅一点で、面長な顔に切れ長な大きな目とスラリとした姿態は、なかなかまぶしかった。

無口な彼女は色は白い方ではなかったが、ロングスカートを波立たせるように大跨で歩き、口もとは、やや緩んだ感じで、長い髪をちょっと掻きあげるような仕草でチラリと視線を向けられると、充分に女であることを意識させた。

十七歳の彼には、異性の経験がなく、安藤さんに対しても、何となく魅かれるような気がしたが、それは安藤重子が、ときどき、彼の方を見ているように思えることがあったせいかも知れなかった。

しかし、今でも彼女の名をはっきり覚えているのは、彼が当時会社から与えられた織機部品のカタログ集に、彼女の名前を書き込んだものがあるからである。

表紙にCatalogue of Databookと英語で書かれている。そのカタログ・オブ・データブックは使い古され、表紙は油でよごれ、彼が上から紙を張って補修してある。Type Nとあるその下にN型織機部分品、番号表と、彼の字で書いてある。

このカタログブックは、中を開くと当時としては考えられない上質のアート紙で、表紙の裏には、いろいろ注意書きがある。それはカタカナ混りの文語体で、「送出の部ニシテ〇〇〇セザルモノナリ」といった調子であるが、補強した紙が貼ってあるので惜しいことに一部しか読みとれない。

全二四ページのB六横組みで、最初のページ一ぱいに、堂々としたN型四四インチ織機の写真が揚げてある。次のページからは片側に、部品の写真がところ狭しと並べられ、見開きの右ページにA之部、B之部と順次部品の番号順に品名が英語で印刷されている。

つまりこれ一冊あれば、N型織機一台の全部品がわかるのである。

新前の彼が、どうしてこんな大切な、しかも当時としては思いもよらぬような立派な印刷物をもっていたのか。織機工場ではいくつかの部品を、外注といって何ヶ処かのよその工場へ製造を依頼し、それを集めてきて工場で組合わせたり、組立てたりする。

四百五十点にもなる大小の部品を全部自分の工場で作ることなど到底できないからである。

そこで、外注工場に製造を委託した部品を必要なときに間に合うように取りに行く仕事がある。これが、雑用係とはいえ実際にはなかなか重要な仕事なのである。ところが、四百五十もの部品が、それも同一部品に右左対称のものがある。例えば、「NC4BRLブラケット」というような具合なのである。

外注工場にもいろいろ得手不得手があるように、人にもそれぞれ上手、下手があるのだが、四百五十点もの部品を右左を見極めて覚えられる者がいない。そこで、部品の調達役が、年少の彼に廻ってきたというわけだった。

安藤重子は、だから多少は彼に注目していたと言えるかも知れなかった。

川田係長は親分肌の人で、頭はボサボサで打切坊《ぶっきらぼう》な物言いだが、どこか親切で、小池君と彼とが外注工場へ出かけるとき必ず半場課長から小使いを貰ってくれた。

鋳物工場へ行くときはリヤカーを自転車二台で引っぱって行く、往きのカラのリヤカーは何でもないが、帰りはなかなか骨が折れる。リヤカーに直結した自転車には彼が乗る。前をロープで引っぱる方は、先輩格の小池君が乗った。前の自転車は、綱が緩んだり張ったりする反動で、自転車を漕ぐのがむつかしいのである。

鋳物は大小とりどりだったが、鋳物を吹く木型を天然の岩砂に埋めて鋳型を抜き、熔融した金属を柄杓で流し込んで冷めるまでには一晩以上かかる。

鋳物師は夏は裸でも暑い。汗をたらたら流して物を言う者もいなかった。鋳物工場には尋常な男はいないから、頭目はくりから紋紋のおじさんだった。

彼はそのヤクザのおじさんとうまが合った。皆はいやがるが彼は鋳物工場へ行って、入墨のおじさんと並んで坐り、彼の知らない世界の話を聞くのが楽しかった。

リヤカーに鋳物を積むのはせいぜい五、六十貫までで、リヤカーの囲いの高さより低かったから、見たところ大した荷物ではなかった。

歩いてリヤカーを引くときは、もう少し積める。囲いの高さまで積むと、百貫くらいあっただろうか。小池君が前を引き彼が後を押すのだが、タイヤにほんの小石が一つ当っても動かない。

そんなとき、遠くの行く手にアイスキャンデーの旗が二人を元気づけた。川田さんが経理の半場課長から貰ってくれた僅か二円が、この際の彼等の命綱で、一回休んではまた三キロぐらい進んだ。

小池君も、彼も、殆んど口をきかなかった。仲が悪いわけでは、けっしてなかった。

あるとき、メッキの仕事で自転車のリムを作っていた本田技研へ寄ったことがあった。そこで、若き本田宗一郎氏がバタバタの横にリヤカーをつけたものに跨って、

「オレのところはサイドカーだぞ」

と、いかにも得意そうであった。

勾坂さんは、そのホンダのバタバタに乗っていたのだから流行の最先端のポーズだったのだ。本田さんは、小池君と彼が、自転車でリヤカーを牽いているのを冗談でからかったのだが、そのオートバイ自転車が、のちのホンダになった。

一日の仕事を終えた会社の帰りは運搬車といって、大きな荷台の頑丈な自転車で川田さんと三人乗をした。小柄な小池君は子供のように前に横坐りに乗り、彼は後の荷台に跨った。

ペタルを漕ぐ川田さんは大野組というヤクザ一家の親戚とかいうことで、映画館やパチンコ屋に顔がきいた。

映画館では、入口のところで川田さんが何かひと言ふた言いうと、タダで入れてくれたし、パチンコ屋では、見張りのような男が、ハットするような態度を執り、三人並んだ台で適当な資金を作った。

決して大儲けしないところに、川田さんの一種信用のような、尊敬されるようなところがあって、三人でうどんを食べた。川田さんは、もとは警察官だったということで、毎日三人乗りで平気だった。

半場課長はなかなか腕の立つ経理マンで、税務署のことなど全面的に任されていた。税務署が何をしにくるのか、会社の雰囲気が急に冷たくなっても、彼には一向にわからなかった。川田係長は姿を消し、小池君も緊張の面持ちだった。

難かしい顔をした税務調査官が帰ると、松本社長と半場課長は連れ立って出かけ、会社の中は息を吹き返したようになった。

「安藤さん、ロングスカートはね」

小池君が急に明るい調子で彼女の方へ向かって言った。

「夜、終電なんて、気をつけた方がいいよ」

「私、そんな、遅くなんか帰りません」

いやいやと小池君は手をふって

「安藤さんのような美人は危ないといっているんですよ」

安藤さんのちょっと緩めた口もとが濡れた。

「終電でね、ロングスカートの女性を、三人でとりかこむんだ」

小池君はチラッと安藤重子の方に目をやって彼女がどんな反応を示すかを楽しんでいるように、続ける。

「先ず両脇から腕をつかんで上にあげ、サッとロングスカートを捲りあげる」

安藤重子が、ちょっといやな素振りで横を向く。

「スカートを頭の上で袋の口を締めるように持つと、女は、動けない」

にやにやしながら小池君は一息入れるが。小池君の狙う話相手ははっきり安藤重子なのだった。

「そこで、もう一人が、女の下着を、ずりおろすんだ」

安藤重子は、聞こえない顔で、すっと席を立った。そのときふっと、彼女の救いを求めるような視線を彼は感じた。

その日いつものように、パチンコ屋へ行っても、彼は上の空で、下着を脱がされた安藤重子を想像して急に恋をしたような気がした。

小池君の方は、さすが兄貴分だけあって、昼日中あんな話をしたことなどすっかり忘れてしまったのか、夢中になって指を弾いて、盛んに玉の出る音を鳴らしていた。


彼はまだT中学へ行っているときのことを思い出した。毎朝、彼が母子寮を出て、水量の豊かなT川の大橋を渡る頃、必ず一人の女子学生に出会った。

出会ったといっても、二人は駅に向かって、同じほうへ歩いて行くのだから、どちらかが後先きになった。彼は、できるだけ後から彼女について行くようにした。

いつまで学校へ行けるかわからない彼にとって、この朝の見知らぬ、それでいて、彼の心の中だけで熟知した、清楚な足取りの背中や、ときに足を見つめて後から歩いて行くと、きっと彼に好意を寄せている（はずの）彼女のはにかんだ表情が感じれた。彼は一人で幸せだった。

学校を退めて、彼はいつしか顔もよく知らぬ彼女のことなど、さっぱり忘れていたのだったが、今、安藤重子の下半身の裸像に、突如として制服姿の彼女が戻ってきたのだった。

しかし青春というものは、もっと汗だくのものだった。彼は来る日も来る日も部品を取りに行った。一番の難物は、何といっても木工場へ杼箱《ひばこ》を取りに行くことだった。

彼はどんな仕事も、いやとは思わなかった。何事にも全力を出した。

木工場から自転車で杼箱を担いでくるのは、ちょっとした曲芸だった。先ず右肩に担げば右手で杼箱を押えなければならないから、自転車のハンドルは左手で握る。左肩に担げば、自転車は右手である。その上、右肩に担げば、杼箱が右側の目の位置を塞ぐ恰好になるから右側は見えない。左に担げば左は見えなかった。道は、右にも曲るし、左にも折れる。こんなときは自然に耳を澄ますようなつもりになる。

途中に踏切りがある。運悪く踏切りが閉っていると、不安定な形で自転車を停めなければならない。運よく、踏切りが開いていれば、しかし線路を渡るひびきが肩に喰い入る。

とにかく、木工場から会社まで、杼箱を担いで、全速力で自転車を飛ばす。杼箱は、四角で肩の痛みとの競争である。会社へ着くと自転車ごと倒れ込んで跳び箱を跳んだような要領で両足で立つ。自転車は倒しても杼箱だけは担いだ肩から大切に降ろす。

これこそ、彼にとっては青春のスポーツだった。

彼の時代にはスキーなど勿論できなかった。後年スキー競技をテレビで見て、彼は、もし今、若ければ、スキーのジャンプならやってみたいと思う。飛び出すときは度胸一つだし、あの着地は彼が杼箱をかついで自転車で倒れ込みながら、ちゃんと二本足を踏んばって立った、あのときが思い出されるからだった。

青春に波瀾はつきものだが、彼がその波瀾の中へ追いやられた昭和二十四年は、世の中も戦後復興という一つの青春期であったのか、波瀾つづきだった。

七月五日に、下山事件。続いて十三日、三鷹事件。次いで八月十七日、松川事件が起きる。

しかし、彼が、それらの事件の社会性に考えが及んだのはずっと後年のことだ。彼の青春は社会から隔絶された炎天下で、アイスキャンデーの幟が目印だった。

雨の日は、リヤカーにシートを被せる。鋳物類は、まだいい。タップを切ったりした中間製品はもっと気を遣った。細かい部品は、例の運搬車の荷台に小さな木箱に入れて積んだ。ところが鉄は確かに重かった。小さい木箱を馬鹿にして、バタンとスタンドをはずして自転車を走らせようとすると、まるで荷台にオモリが着いたように自転車は撥ね上って、きれいにひっくり返る。荷台の木箱を解かないと、自転車は逆さまに地面に吸い付いてびくともしなかった。

もっと困るのは杼箱を担いで、途中で雨に逢うことだった。とにかく少しでも濡れないように、これはもう夢中で自転車を漕いだ。全神経で前方を睨み、全神経で片方のハンドルを握り、全神経でペダルを踏んだ。

彼の青春は、孤独そのものだったが、彼の青春は、神の手の中にあったとも言える。

安藤重子も、一緒に橋を渡った女子学生も、彼のほとばしる汗や額をつたって流れる澪には、遠く及ばなかった。

つまり彼は無心だったというほかはない。

ほどなく松木鉄工所は行き詰った。

松木社長も半場課長も、見かけない日が多くなり、生産の止った工場の前に、工員が人の輪をいくつも作って、いつ支給されるかわからぬ給料を待った。

「俺はな、こんなところで、ボンヤリしているよりもな、ピーナッツを売りに行ってきた」

といって、残ったピーナッツを喰べている者がいる。

ひとり飽きずに道の向かい側の池で、ザリガニを釣っている者が所在なさそうに、

「ニワトリの餌に売るんだ」

ポツンと呟く。

と、そこへ下請の外注工場のオヤジさんが集金にくる。屯《たむろ》していた工員たちは急に立ち上って、外注工場のオヤジさんを取り囲む。ひと言ふた言、何か言ったかと思うと、

「何を！」

「何だ、貴様」

「オマエなんか来るから、俺達が貰えなくなるんだ」

胸倉を掴む。擲《なぐ》り合いが始まるかというところで、外注のオヤジさんは、

「あんなに急ぐといって、オレは徹夜で納品したんだ」

という思いを胸に、妻や子供の待っている小さなトタン屋根の工場へ戻って行く。

工員たちも、それぞれ、その日その日の生活があった。姿を見せない松木社長も、半場経理課長も、銀行の返済や、税金の滞納の他に、もちろん自分の生活があった。

下山事件も、三鷹事件も、松川事件も、新聞には大きく報じられても、松木鉄工所ではニュースにならない。国鉄の大量馘切りどころか、給料が二ヶ月も貰えない

のだった。

彼は、九月で松木鉄工所を退めてT市へ帰った。二ヶ月給料を貰わなかったから、彼の青春を彩った、部品運びの給料は、四ヶ月だけだった。安藤重子はいつの間にかいなくなっていた。川田係長も小池君も、それきりの別れになった。

勾坂機料商会もなくなり、支社の勾坂さんは、豆腐屋に転身した。

「トーフー、トーフー」

と、毎朝早くから、今度は勾坂さんが、リヤカーを曳くことになった。

「聯隊長どのに教えられた通り、時間は正確に守りましたから、トーフ屋は時計屋だと言われて、喜ばれました」

勾坂さんは、それでもときどき忘れずに訪ねてくれた。

彼は勾坂さんに会うと、必ず笠井へ行ったときのことを思い出した。

やっと探し当てた織物工場は、笠井の旧家で、工場の主人は不在だったが、何となく部品運搬が板についてない彼を工場ではなしに母屋へ通して犒《ねぎら》ってくれた。

四十がらみのすらりとした奥さんが、冷たい飲みものを出してくれた。サイダーのように甘かった。彼にとって、それは話にきく末期の水よりも、もっとおいしいと思った。

「遠いところを、お暑くて大変だったでしょう」

奥さんは、白く沈んだ顔を少し綻ばせて、指先がきれいだった。

彼は、その瞬間、金属の部品が刺さった痛さを忘れた。汗が冷たく乾くのさえ気がつかぬくらい胸が熱くなった。

ずっと年月が経ってから彼は父の聯隊の若い戦死者の家を探しあぐね、田舎町のある雑貨店に立ち寄った。大きなうす暗い家の奥から四十年輩の女性が、すうっと現れたとき、急に、あの笠井の奥さんの白い顔を思い出したのだった。

笠井の奥さんは、生きているだろうか。もし生きていれば、もう七十歳にもなっているだろう。目の前の雑貨店の奥さんは、ものも言わずに立っている彼に、少し口もとを綻めて、声にならない声で、「何かご入り用なものでも」と言ったかもしれなかった。

突然、あのときの笠井の奥さんの裸像が、雑貨店の奥さんに、重なった。こういう旧家で、心を許すことなく声も立てずに夜を過す女性の美しさについて、彼は、それが自分の欲しいものではないかと思った。

すると、咄嗟に笠井の奥さんの裸像は消え、目の前にいる雑貨屋の奥さんに彼は何か買わなければいけない、とにかく何か言わなければと思った。

帽子

突然、税務署から呼び出し状がきて、山浦さんは目の前がボオッとなった。税務署の話は、同業の金屋さんからも聞いていた。

税金というものは、或る日突然、高いところから降ってきて、忽ちそいつに埋め込まれて身動きができなくなってしまうんだと、金屋さんは何か珍しいものでもみたときのように、黒い額に細い皺を何本も浮べて、目を輝かして言った。

税務署がきめる税金という奴は、どんなことしたって払いきれない仕掛けになっている。と、金屋さんは言うのだ。

それは、何でも税金というものが、商売で儲けた金額にかかるというのだが、その計算が、よくわからない。ただ夢中で売れるにまかせて夜も寝ずに材木を挽いて、あのギーンという製材車の音が残っている頭で、売れ残った材木を寄せ集めて、やっと自分の棲む家を建てた。

山浦さんと金屋さんは、同じ材木屋で、同じように製材工場を動かしていて、二人とも信州に近い山奥から伐り出した材木に乗るようにして山を降り、T市に工場をもった。ずっと近所付き合いの仲だった。
金屋さんの方が、税金をとられた先輩であった。金屋さんは去年、ささやかなが
ら家を建てた。それで、すかさず税務署につかまったのである。
税務署の調査というのは、たしかに調べるには違いなかったが、金屋さんは、帳
簿をつけてなかったのだ。
だから、売上から、仕入れや、いろいろの経費を差し引いて、残りが儲けになる。
といわれたところでどうして計算ができるのだろうか。それで税金はその何だかよ
くわからぬ儲けらしいものに対して、四割とか五割とか、かなり高い率がかけられ
る。まあしかし、金屋さんにとっては、そんな計算方法などはどうでもよいのだっ
た。
いったい税金は、いくらになるのか。その金をどうすればいいか。頭の中は、そ
の二つだけで一杯になり、他のことは何をどう考えることもできなかった。
ところが困ったことに、帳簿がなくて、税金が計算できないのは、税務署員だっ

て同じことなのだった。

売上代金を集金すれば、それでも銀行へ預ける。金屋さんは、地元ですぐ近くのT信用金庫に口座をもっていて通帳があった。売上げ代金を預金すれば、仕入れ代金もその口座から引出して支払う。

金屋さんは、仕入れた材木の中から、自分の家を建てる材木も使った。余った半端の材木も、こんなときは役に立った。

大工仕事は、金屋さんだって真似事ぐらいはできる。工場にいる若い者も使える。しかし、むつかしいところは大工に頼む。大工の支払いは大工に売った材木代で差し引きにした。

その結果、金屋さんの信用金庫の通帳は、売上金が大半は仕入れの材木代になって、僅かに倹約家の金屋さん一家の生活費を出せば、通帳には税金を払えるような残高は残っていなかった。

税務署員は、預金調査をしても仕方がなかった。そこで金屋さんの家の建築に使った材木と、大工賃の代りに引渡した材木代が儲けであるとして、これを計算するのだという。ところがその材木代が、いつどこから仕入れた分なのか、メモ一つ記録らしいものが残っていなかった。

さてどうするか。しかしこれは、以外に簡単なのであった。つまり、安普請でも家は立派に建っていて、どこへも逃げかくれすることができない。だから、税務署員は、じっと、この目の前に建っている家を穴の明くほど眺めるのだった。もしこの家を建てるのだったら、いくら資金が入り用かを計算するというわけだ。

こうして、金屋さんは、五十萬円という税金をそれも昨年分として申告することになり、同時にその税金を滞納していることになったのであった。

金屋さんは、一年分の生活費にも相当する税金をとにかく払わなければならなくなった。

山浦さんがそのことを知ったとき、山浦さんの家は殆んど出来上っていた。今更建てた家を毀すわけにもいかず、こりゃあ、きっと税務署がくると、税金の先輩である金屋さんのお陰で、ある程度の覚悟はできていたつもりだった。

だが、現実に税務署の呼び出し状を手にして山浦さんは、やっぱり頭がボオッとなった。

とにかく山浦さんは、呼び出しのはがきに書いてある日に税務署へ出かけた。

税務署員は山浦さんより若い男で、色が白く細い縁のメガネ越しに、山浦さんが差し出したハガキと山浦さんを見較べるようにして第一声の口を開いた。

「山浦さんですね」

「ハイ」

山浦さんは敵の第一声を、何となく待ちこがれていたような気持で、自分で罠に落ちて行くように体を少し乗り出した。

「ご家族は何人ですか」

「ハァ、家内と子供が三人に、両親がおります」

「七人ですか。大変ですねえ」

「ハァ。近頃はモノが高くなりました」

「生活費だけでも大変ですねえ」

「ハァ。何とかそれくらいは」

(稼いでいます)というつもりで言ったのだったが、山浦さんは、その生活費に税金がかかるなんてことは、まるで思いもしなかった。


税務署員は、山浦さんの建てた家が、どれぐらいの、つまり建坪が何坪で、半二階建ての家で、敷地は借地である、ということが、ちゃんと調べてあった。

新築した山浦さんの家の建物の建築価額に、生活費を足した金額が、山浦さんが税金を払う元の儲けになるのだった。ところが不思議なことに、税務署にそれが儲けの元本だといくら言われたところで、その元本とはお金がここに積み上げられているわけではない。新しい家は、そんなこととは知らぬ顔で、平然と建っている。本当ならうれしくて、朝晩柱や床をみがきたくなるのに、一転して、どうしようかという悩みになった。新しい畳の上もことさら座り心地がよくない。それにもう一つ、ますます、どういうことかわからないのは一家七人が、どうにか借金もせずに暮すために、一日も休まず働いて賄った、その生活費のことだった。使ってしまった金が、税金を計算する元本だというのだ。山浦さんは、冷静になろうと思う一方から混乱した。

山浦さんはかつて、大東亜戦争という大戦争でフィリッピンを転戦した。それは目の前の税務署員より若いときだった。

フィリッピンのルソン島で、米軍の捕虜になってからは、島の北端のアパリ港に近いカガヤン河谷から東方の、ジョネスの米軍基地に集められた。米軍から支給されたパンやミルクや缶詰が飢えた胃袋にしみ込むようだった。チョコレートやビスケットもあった。あれも税金がかる元本ではないのか。あれは、アメリカの国のことだというのであれば、山浦さんたち、僅かな生き残りの兵士が、バターン半島のパタレガスや、マニラの北のサンフェルナンドの山中で、沢蟹、トカゲやワニを捕って喰っていたときは、どうなるのだ。

生活にかかるコストは、所得だという。では所得は、なぜ貨幣で表すのか。生活にかかるコストは、フィリッピンでは、蟹何匹とかトカゲ何匹だったではないか。それとも、もうちょっと洒落て、カロリーというんだろうか。

山浦さんは、なんだか、もっとむつかしく考えなければいけないのだと思った。が、とにかく釈然としなかった。

心配そうな顔をしてくれるのは女房だけだった。復員して村に帰り製材工場で働いていたとき、盆踊りで知り合って結婚した。小柄な、色白の女だった。

山浦さんの税金は、金屋さんより多かった。新築した家は、似たりよったりだったが、山浦さんの方が家族が多かった。生活費が多くかかると、税金も多くなるという算術は、山浦さんには、いよいよわからなかった。

税務署員の言うままに、山浦さんは諦めて、ハンコを押してきた。それで山浦さんは、納得したことになったのだが、全く得心などいかなかった。それなら、何故、ハンコを押したのか。山浦さんはルソン島で諦めることをいや程覚えてきたのだ。

しかし、税務署に帽子を忘れてきた。そのことが、何よりも山浦さんが納得していない証拠だった。

妻のかな子は、気付いていたが何も言わなかった。その夜かな子は、いつもより優しく抱かれた。山浦さんは口数が、普段から少なかった。あくる日、山浦さんは、

「かな子、俺の帽子を知らないか」

と妻に聞いた。

山浦さんは、帽子がないことに気付いたのだ。

「昨日、帰ってきたとき、被って、いませんでしたよ」

「………」

「きっと税務署だわ。忘れてきたのだわ」

山浦さんは何も答えなかった。

それなら、昨日言えばいいじゃあないか。山浦さんはそう言いかけたが、かな子の白い横顔を見て、言葉を飲み込んでしまった。

かな子の横顔は昨日の夜の横顔と同じだったからである。

山浦さんは、税務署へ帽子を取りに行こうと思ったが、体はひとりでに工場の奥の雑然と小道具の置いてある作業棚の前へ歩いて行った。

古びた木製の棚はあっちこっちに、いつのものとも知れぬ疵や汚れが付いている。それがまるで棚そのものを構成しているようで、山浦さんは、これからだんだん自分がこの棚のようになっていく気がした。

もう、知らぬうちに二十年にもなった。山浦さんにとっては、今でもフィリッピンの匂いのする、復員のとき被ってきた戦闘帽が、棚の隅に置いてあった。

山浦さんは戦闘帽を手にとると、頭の上にのせてみた。材木の端に腰を下ろして、冬の陽差しのずっと向こうの方を見た。目を細めるようにした。山浦さんは、ふと戦争から帰ってきて、こんなに、ゆったり材木に腰を下したことはなかったと思った。

これは税務署のおかげだった。税務署はたしかに生活費に税金がかかると言った。

山浦さんは自分で自分の生活費を稼ぐと、それが税金になるということに、こだわっているうちに、いつしか兵隊にとられたときのことを思い出していた。

今思えば、あれは税金の代りに身ぐるみもっていかれたのかも知れなかったが、あのときは、そうは思わなかった。


昭和十六年。二十歳。徴兵検査合格。第一乙。体が少し小さかったが、丈夫だった。

昭和十七年。二十一歳。山浦さんは現役兵として、名古屋の野砲聯隊へ入隊した。野砲聯隊は、梅津聯隊長の下に三箇大隊があり、それぞれ三箇中隊、合計で九箇中隊であった。一箇中隊は百五十名で、一箇中隊に野砲が四門あった。山浦さんは、第六中隊で、長屋中隊長とは奇しくもそれ以来の仲だった。敗けて日本に還るまで同じフィリッピンのルソン島の山中をはぐれはぐれに生きてきたのだった。

二月一日に入隊するとすぐ、野砲聯隊は支那の蒙彊へ渡った。支那は今日の中国で、蒙彊はモンゴルであるが、山浦さんが行ったのは支那の蒙彊だ。

昭和十七年二月十三日。野砲聯隊は、蒙彊の大同に駐屯した。下関から朝鮮の釜山へ渡るのは関釜連絡船の航路である。あとは鉄道で北京経由、大同まで。入隊して僅か半月足らずでいきなり零下三十度の極寒の地へ送り出されたのだった。

野砲聯隊は三大隊九箇中隊のうち、七五ミリ砲が六箇中隊と、一〇五ミリ砲が三箇中隊であった。

蒙彊では、まるで耐寒訓練に行ったようで、敵との遭遇は殆んどなく、第一線はただ寒いばかりであった。間もなく山浦さんは下士官候補生を志願して北京が任地になったので、蒙彊に較べると零下十数度の北京は春とはいえないが、暖かかった。

およそ一ヶ年の訓練を受けて、蒙彊へ帰ると、野砲三箇大隊のうち一箇大隊一〇五ミリの三箇中隊が、内地へ転属になっていて、七五ミリ二箇大隊六箇中隊になっていた。

すぐ河南作戦が始まった。野砲聯隊は、大同から北京を経由、北京から北関《ペイカン》線で関口の手前の商城へ移動した。
拠点は商城であっても、河南作戦は黄河と揚子江の間の流域を移動して、一箇所にとどまることなく作戦を行った。しかし、作戦といっても、特別のことではなく散発的に出くわす匪賊の討伐くらいで、強力な抵抗に出会うこともなかった。それでも、

新兵さんの、新兵さんの、日曜日、
みんな、にこにこ
うれしそう。
お洗濯して靴磨き、
朝から起きよう
よい天気。

と、歌に唄う程のんびりしていたわけではなかった。軍隊特有の、いわば捕われの緊張感が日常の習慣になっていた。

「俺には美人の妹がいるんだ」

長屋中隊長は、故郷からの手紙を読みながらポツリと言った。

「中隊長殿、ワシらはこんなことで、いいんですかね」

一等兵に進級した山浦さんは、肩章の星の数とは関係なく、中尉殿の美人の妹から、故郷で農耕に明け暮れる両親のことをふと思った。小さな肉片の糸を垂らして飛び去る蜂の後を追って、ヘボの巣をみつけ、飯に炊き込んだヘボ飯の甘い香りも思い出した。

「この先、どうなるんですか」

「そんなことは、俺にだって、わかるもんか」

長屋中隊長も珍しく何かを考えているようだった。

この頃、支那はまだ平穏を装って見えたが、南方の日本軍が次第に苦戦に陥っているという噂が、まるで軍事機密が漏れるように伝わってきた。

山浦さんはヘビ飯も思い出した。

昭和一九年七月六日。サイパン島玉砕。

日本の軍隊は、戦に敗けたことがないという不敗神話があった。だから、敗けるという代わりに玉砕といった。

だが、何と言おうと、玉砕は敗けたことだった。天皇の軍隊が、天皇の御為に敗けたことだった。敗けるときは生きて帰らないという不文律ができ上っていたので、全員死ぬことが約束されていた。それが玉砕である。一番最初に玉砕したのは、どこか。玉が砕けるように、きれいに粉々に飛び散るといっても、実際は屍を累々と風雨に晒すことになる。

「南方の島でゲリラに殺されると、腕と足を切り落とされるんだ、だから胴体だけの屍がころがっているそうだ」

と、まことしやかに半信半疑で、話し合われた。

ひょっとして、それは喰われるんじゃあないだろうか、と内心思っても口に出す者はいない。それでも、玉砕して、九段の桜花となって再会しようと誰かに約束するのか。どんな約束をしたって死んだ者同士が、再会することなんかできるのか。玉砕は美しいのか、それで九段の桜も美しいというのか。そうだと信じて、本当に死んでいくのか。

山浦さんは、しかし、何も考えないようにした。

サイパンが玉砕して、野砲聯隊は、とにかく転進することになったのだった。それで、野砲聯隊はどうしたかというと、一旦蒙彊に帰還したのである。

昭和十九年七月二十一日、野砲聯隊は大同を出発した。兵馬も砲も一緒に貨車に積込まれるように乗った。北京の方へ走り出したが、行き先はわからない。山浦さんは、いろいろ想像した。

聯隊長は梅津大佐から代って馬場大佐になった。

列車は見覚えのある北京の駅を通りすぎた。満州へ入った。奉天も通りすぎ、朝鮮半島を南下していた。

一週間で釜山に着いた。馬匹同宿の悪臭から、やっとの思いで、海の風は故郷のようにおいしかった。

八月二日から逐次乗船。一度門司に集まり、やがて伊万里湾に集結した。乗船は、一隻ごとに戦闘能力を確保するため各部隊の区分を行い、野砲聯隊は一萬一〇〇〇トン級の摩耶山丸に、野砲聯隊長と聯隊本部、野砲兵一箇大隊が乗船。山浦一等兵らもう一つの野砲一箇大隊は、能登丸八〇〇〇トンに乗船した。

昭和十九年八月八日、長崎の伊万里湾を出航した船団は、十五隻の輸送船に三万五千の将兵、武器弾薬を積み、護衛艦空母「大鷹」以下、駆逐艦五、海防艦七という大船団であった。

多くを語るは士の恥などと、山浦さんは山村でそんな教育を受けたわけではなかったが、普段から、口数も少なく、おとなしい山浦さんも、「ああ堂々の輸送船」「さらば祖国よ栄えあれ」と小声で口遊んだ。妙にわくわくするような実感が胸の底をかけめぐった。山浦さんは心の中で不安と諦めの間を行ったり来たりした。わけもわからずに一人で手を握り締め、足もとがすうっと軽くなるように感じた。

夕闇の中を輸送船団は長い影を引いて行った。海鳥たちに見送られて、台湾海峡、澎湖諸島、馬公を南下した。

バシー海峡に入ると、アメリカの潜水艦が待ちかまえている。誰も知る者のない大海原の、これから繰り広げられるであろう、予見できない何枚もの絵を、兵たちは、黙って胸の中でめくっていた。

思いの外航海は静かに思われたが、それでも山浦さんは、この海峡が、やがてルソン海峡へ近づくまでの記憶がまるでないのだった。

八月十八日早朝。この時刻は山浦さんにとって、壮大なスクリーンに二度と見ることのない極彩色のスペクタクルが次々に蔽いかぶさってきて、そのまま停止したファイルに焼きついたままになっている。

最後の静止画面は、ガランとした大海原で、空母「大鷹」をはじめ、大船団は消え去って、覚付かない船影が一つ二つ見えるだけであった。

山家育ちの山浦さんは、今更ながら、海の広大さが、まるで涯てしない空、どんよりとした、雨の降り出しそうな空と一体に思えた。

とにかく運命は、どこをどうさ迷ったのか、摩耶山丸と能登丸とは、二、三の僚船と前後して、マニラ港にたどり着いた。

海は戦いの轟音が止めば、素知らぬ静けさになるのが、まるでウソのようだった。だが、マニラ港は、何ということであろう。

船腹を晒して赤い炎と黒煙につつまれ、マストが無雑作に投げ入れられたように乱立している。接岸できる埠頭は、一ヶ所しかなかった。砲兵聯隊は幸運にも摩耶山丸、能登丸の二隻の着岸で、二箇大隊、六箇中隊、二十四門の野砲が揚陸できた。だがこの幸運も、マニラ港を見れば、幸運などとは言っておられなかった。山浦さんたち野砲聯隊の、中くらいの幸運、山浦一等兵の小さな幸運は、しかし日本軍の国を挙げての大きな不運の中に存在していた。

山浦さんの知らないところで、しかし山浦一等兵のすぐ近くで、日本の戦運は尽きていったのであった。

マリアナ沖の海戦も、台湾沖航空戦の戦勝の誤報も、更にレイテ湾海戦、後世に名を残した栗田艦隊の不可解の敗戦も、マニラの野砲兵は何も知らずにただレイテ島へ転進することを命じられたのだった。

フィリッピンの地図を、山浦さんは見たことがなかった。ルソン島は大きな島で、一番北にある。台湾から一番近いということは、日本からも一番近い。マニラは、ルソン島の西海岸で、フィリッピンの首都であった。

大正生まれの山浦さんの戦争は、日露戦争である。日本海々戦である。それから支那事変である。これは折悪しく、山浦さんは徴兵の年齢になって現に支那大陸を従軍した。

その間に「鬼畜米英」と戦争になって、ハワイ真珠湾で大戦果をあげた。だけど、山浦さんにとって、ハワイがどこにあって、どんな恰好をしているのか。

昭和十九年十月。山浦さんの知らないハワイ真珠湾の大勝利から、三年が経とうとしていた。今、山浦一等兵は、平凡に言い古された九死に一生という言葉通り、海を渡って、見知らぬフィリッピンまできたのだ。

昔、下手な将棋を指したことがあった。山浦さんは将棋の勝敗のことは何一つ思い出さなかったが、ただ、歩になりたいと思った。歩は一つしか進めない。ならば、こんな遠く波濤を越えてくるような手はないのではないか。

どうやら、山浦さんは香車になったのではないか。隅っこだけれど、香車は後の方にいる。そのままじっとしているうちに、王様が討たれてしまうことだってあるが、香車は一たび動けば、行きっ放しである。

日本を出港するときは、あんなに堂々と見えた船団が、今思い返して見ると、ずっと香車が十五ヶ浮かんでいたように思えてきた。

しかし、四ヶ残った香車は、それからもっと小さないくつかの香車になって、レイテに行くことになったのだった。

レイテ島のオルモック港へ上陸するというのだが、オルモックなどときくのがはじめてなのだから、地図で見たこともない。

十月三十日先発隊第一師団は海軍の輸送船に乗船。野砲十一聯隊からは第一中隊小幡中隊長以下兵員五十、野砲二門が先遣隊今堀支隊の指揮下に入った。

マニラから、コレヒドール島、ルバング島を右に見てシブヤン海からビサヤ海と島伝いのように船は進み、十月二十日、米軍は太平洋側のレイテ湾に大挙して上陸した。恰度その反対側になるカルナンガン岬を廻った入江がオルモック湾である。遠浅の海岸だという。だから大型船は接岸できない。しかし、それらは皆、あとで知ったことだった。

十月三十一日未明、先発隊はひそかに出発した。十一月一日早朝グラマンの銃撃を受けたとはいえ、夕暮までになんとか上陸に成功した。これも一種の幸運としかいいようがないだろう。

十一月八日早朝。本隊がいよいよレイテに向けて出発する。蒙疆の大同から、はるばる海を渡ってきた二十六師団と野砲十一聯隊の将兵一万二千である。金華丸、高津丸、香椎丸の高速三船に乗船。山浦一等兵、野砲兵第六中隊は、香椎丸に乗る。

オルモック湾は遠浅である。満潮時に上陸するしかない。そのためには、夜半にオルモックに到着し、夜明けまでに上陸を完了するという計画であった。

しかし、オルモック港はすでに敵の攻撃が激しいため、約三キロ南のイビル港に上陸することになった。だが、イビルには桟橋もない。

敵潜水艦の襲撃もなく、何とか上陸できるのではないかという希望のようなものが、あと一時間というときになって、無残に砕け散った。

レイテ島を南北に縦断する標高一四〇〇メートルのピナ山系をかすめるようにして、米軍の爆撃機が来襲。わが船団は防禦のすべなく、上陸用の大発も殆んどなく、海に飛び込んで遠浅で桟橋のないイビルに這い上がった。火砲資材の揚陸は全く不能となった。辛うじてどれだけの兵員が上陸できたのか、山浦さんの乗船香椎丸は、輸送船団の最後尾につけていたため、山浦さんが上陸用の大発に乗り移るより前に、香椎丸は敵機の直撃弾により船体は真二つになった。

山浦一等兵は、真二つになった船体の船首部分と共に、蛸の木ともいわれる巨樹が生茂る島に打ち上げられた。ずぶぬれになって、やっと這い上ったのは、レイテ島ではなかった。

　思いもかけず、レイテ島に向かい合うセブ島に上陸した山浦一等兵だが、運命を共にして集った兵士の中に同じ中隊の野砲兵の顔はなかった。

　素早く大発に乗り移ったものは、レイテ島に上陸したのだった。もちろん海中に船もろともに没した者も少なくない。

　と、山浦さんは記憶するのだが、山浦さんがレイテに向かったのは高速船団の香椎丸ではなかったのではないか。とにかく、戦争というものは、無我夢中とも少し違うようだし、戦争をしている国そのものが狂気であろうと、戦争をしている者は狂気にさえなかなかなれない。一人一人の心境など、とても言い表しようのない一人一人で、それが全体を形づくっている。その全体とは、山浦さんが乗船したと思い込んでいた船が、或いは違うかも知れないのだった。

　高速三船は大時化《おおしけ》の荒れ狂う波涛に阻まれ、予定よりはるかに遅れてオルモックに到着した。夜が明ければ、たちまち敵機の好餌になる。そのために金華丸、高津丸、香椎丸の三船は素早く引き返さなくてはならなかった。しかし、あと僅かの時間が間に合わず、兵員は辛うじて携帯装備で上陸したものの、高津丸、香椎丸は火砲、器材を積み残したまま海中に爆沈したのだ。金華丸だけが、被弾しながらもマニラに帰港したが、遂にマニラ湾で沈没してしまった。

だが、オルモック上陸作戦は、なお強行された。残る兵員、火砲、器材は五隻の船団を組んで三度びマニラ港を出港した。

十月十八日。せれべす丸、泰山丸、三笠丸、西豊丸、天照丸の五隻である。しかし、本隊を運んだ高速船でさえ、二隻は全く姿をなくし、ただ一隻帰還した金華丸もマニラ港接岸目前で沈没したのだから、五隻の低速船団が無事レイテ島にたどり着けるかということになると、船内はただ沈黙し、兵員もまるで積荷になったように、物音一つなく静まり返った。

果たせるかな、低速五隻の船団は、レイテ島オルモック湾に入る前に敵機の爆撃に無抵抗のまま全船が海没した。このとき、先頭のせれべす丸が船体直撃弾で真二つになった。

山浦さんがセブ島に打ち上げられたのは、この後発船団のせれべす丸に乗っていたのではなかったかと思われるのだった。

山浦さんは頭に載せた戦闘帽を手にとって見た。確かにこれこそ山浦さんがフィリッピンから帰るとき被ってきた帽子に違いない。が、違いないことは事実であるけれど、この帽子は山浦さんがレイテの海に放り出されたときのものではなかった。だから、この帽子をいくら見詰めたところで、たとい帽子が言葉を発することができたとしても、山浦さんがレイテ島オルモックの手前で沈んだ船を覚えていることはないのだった。

この帽子は、戦争が終わって、いよいよマニラ湾に、日本の船が迎えにきたときに、捕虜に支給された米軍の衣服を脱いで、日本兵に南方戦線で、初めて支給された復員服の帽子だった。

それでも、今日まで山浦さんの胸の底の底にいつもそっと置いてあるフィリッピン、ルソン島は、この帽子の中に手品のような仕掛けもなく、ただ自然に蔵《かく》されているのだった。

山浦さんは浄土真宗の門徒だったが、特別、阿弥陀仏の他力本願に縋ってきたわけでもない。ルソン島の山中でも、念仏を唱えたこともない。しかし、この帽子は、復員後の山浦さんの護《まもり》本尊には違いなかった。

野砲第一大隊第二中隊、第三中隊は、金華丸に乗船していた。兵員だけ上陸後、金華丸はマニラに帰投し、マニラ湾で遂に沈没したのだが、金華丸には野砲兵第三中隊長長屋中尉が残っていた。長屋中尉は、火砲弾薬の再揚陸準備のために在船を命じられていた。

長屋中隊長は、三名の部下と共に真黒な油のマニラ湾に飛び込み、年輩の機関長を筏に乗せると、泳いで岸にあがった。

その頃セブ島に這い上がった山浦さんはアメリカ軍の攻撃もなく、日本軍守備隊は一箇聯隊が駐留していた。山浦さんは、二、三人づつが小舟や筏を漕いで、夜間、島伝いにマニラに帰還した。どのくらい日が経ったのか、一ヶ月くらいか。暦も時計もなく、ただ敵機の空襲から身を蔽すことと、口に入れるものを探すことだけの毎日は、滑稽に見えて真剣そのものであった。

雨季か乾季か、気候もわからなかった。星空は、きれいだった、というが、山浦さんは南十字星さえ覚えていなかった。毎晩星空を見て眠ったと、これも日本へ還ってきてから、長屋中隊長に聞いた。

ただ一日一日。今日も生きて目覚めた、とさえ思わない毎日が過ぎただけだった。小舟も筏も空腹で漕ぐ。水の流れが頼りだが、気持はあせっていても、いつマニラに帰り着くのかなどと案ずることはなかった。そんなことより、食べものだった。

マニラに集合したものは、見るからに敗残兵という表現がぴったりだった。

その頃レイテに上陸した野砲第十一聯隊はイビル東側高地中腹の斜面に蛸壺陣地を掘っていた。上陸の際、桟橋はなく、大発もなく火砲の揚陸ができなかった野砲

聯隊である。先遣隊として上陸し、原隊復帰を命じられて報告に帰還した小幡中隊長に、馬場聯隊長は、

「聯隊の大砲は君の二門だけだ。折角ここまできて丸腰だよ」

といって歎息した。

レイテの戦いが、日本軍の全滅で終るのは、昭和十九年十二月十八日、大本営のレイテ島決戦放棄か、昭和二十年三月二十三日、第三十五軍司令部のレイテ島脱出とするのか、そんな戦記のための記録は、長屋中尉にとっては、まして山浦一等兵にとっても、全く意味のないことだった。

ただ悲痛なことは、レイテ上陸に成功した野砲第十一聯隊の将兵は第二十六師団の歩兵聯隊と共に昭和二十年一月ナグアン山付近に転進、更に二月初旬、カンギボット西方に到ったと言われるものの、それ以降の聯隊の消息は全く不明のままであるということだった。

山浦一等兵は、マニラへ帰ってきたが、もうレイテへ行く船はなかった。アメリ

カの空襲は日増しに激しくなり、日本兵は皆、密林の中に消えることだけが戦争になった。

山浦一等兵は孤独だった。しかし、信州に近い森林の村で育ったから、密林の中の歩行も身が軽かった。

食糧になるものは、主に木の芽、シダ類の芯を銃剣で微塵にして唐辛子の実をまぜて食べた。唐辛子といっても、野生の唐辛子の木が生えており、木に登って実をとった。

こんなサルの真似のような生活は、都会の兵隊はとても耐えられない。

山浦さんには、ただ食べものを求めることが、いつしか戦争そのものの目的になっていた。ざぶんと川に入って沢蟹を捕えると、そのまま喰った。バナナはとり尽くされていて根っこを掘った。トカゲは上等だったが、トカゲといっても、一尺以上もある。空腹の一等兵が、このトカゲと銃剣で渡り合う姿は、思い出すのも情けない程に真剣そのものだった。川ワニは、銃剣などでは手に負えない。手榴弾を川に投げ込んで、川に浮いたものを、分け合って喰った。しかし、爆発音のあとしばらく身を潜めるように時をうかがわなければならなかった。サルなど、敏捷でとても無理だった。サルなら喰ってもいいからと言って、人間だったという話も、まことしやかに流布した。実際、ゲリラに捕えられると、手足を切断されるという話と、何だか付合するような気がした。

だが、山浦さんは、専ら木の芽とトカゲで、芋をとりに行くのは命がけだったから、危ない芋よりも山浦さんは空腹で諦めた。一番大切なことは食べもの以外では動かないことだった。

上空には、飛行機の爆音が行き交ったが、日本軍の飛行機ではなかった。もっとも上空からみえない密林に身をかがめていて、敵の飛行機だと確かめて見ることもなかった。

それでも決して、ただ諦めていたのでもなかった。戦争に勝つなどという意気は、バシー海峡で襲撃されたときからなくなっていたように思う。だが早く敗けてくれと思っていたのでもない。勝ち負けとか、生死とかを超越していたと言えなくもないが、やっぱり違うようだった。

それでも、当時のことを思うと、いまでも山浦さんは目の前が、赫々と炎えあがるのだった。

毎日毎日の実存は、学者やものの本に出てくる実存主義などとはまるで違った。実存そのものはただ念仏を繰り返し唱えるだけのように、朝は起き夜はねむることだった。

マラリヤと飢えこそが、大東亜共栄圏だったとは、心外といえば心外かも知れないが、大東亜共栄圏は参謀本部の紙の上にあればよかった。しかしマラリヤと飢えは、山浦さんたち兵士そのものだったのだ。

この空の色もないフィリッピンのルソンの山中で、唯一つあるものは雨風と運だけだった。

ただ運といっても、輸送船が運良くレイテに着いたあとの運命は、雨風も同じ自然の一部にすぎなかったのである。

山浦一等兵の野砲兵十一聯隊と一緒に船出した二十六師団で天地自然の運に命じられてレイテに上陸した一萬を超す将兵のうち、祖国に帰還したもの二十三名といわれる。


ある日、突然、戦争は終った。拡声器の呼びかけを聞いた者、ビラを拾ったもの。一枚のビラには「日本敗る」の文字とマッカーサーから「王手飛車」を指された山下将軍の絵が書いてあった。半信半疑でいると数日後のビラには「日本無条件降服」とはっきり書いてあった。一人二人と集って、十人ほどがひと固まりで密林を出た。戦争が終ることを、身体のどこかで待ちに待っていても、一人だけで密林を出る勇気は誰にもなかった。

海の水は、きれいだった。冬も夏も、春も秋も、季節というものはあったのだろうか。雨季は、ただ雨だけでなく、すごい湿度だった。やたらにヒルに喰われた。

足に入りこみ、目まで腫れあがった。乾季はいくぶん涼しかったのか。

ゲリラは、日本兵が一人でいれば必ず襲ってきた。四、五人いれば先ず大丈夫である。野砲兵は、山浦さんだけだったが、名も階級も知らない歩兵隊が、行動を共にする戦友になった。カガヤン河谷を下って、北へ行った。日本が敗けたとなればゲリラはよけいに襲ってくる。山中で人間に出合うのが一番恐しいことだった。それが、日本兵同士でも一瞬恐怖に足がすくんだ。

ルソン島の日本軍は津田支隊の下に野砲兵中隊を擁し、中部ルソンの鈴鹿峠、バレテ峠一帯に踏みとどまって、東海岸ピナパガンで最後の決戦を挑もうとしていた。昭和二十年九月二十日。米軍ジョネス警備隊長と第十四方面軍参謀が白旗のもとに独立歩兵第十一聯隊津田聯隊長に対し、

「日本国は昭和二十年八月二十日、天皇の名において無条件降伏した」

「比島方面軍司令官、山下大将は九月四日全軍、マッカーサー軍司令官に降伏した」

「九月二十四日までに、ジョネスに終結し、武装解除し、当地警備司令官の指示に従え」

と伝達した。

日本兵は、こうしてルソン東海岸ピナパガンから更に北へ二〇キロ程のジョネスに集結した。米軍の捕虜として収容されたのだった。

山浦一等兵は、痩せ衰えた体に、棒の足をひきずって、ニッパ椰子の屋根のある小屋に横たわった。もう二度と起きられないのではないかと、横になるとき、ふっと怖さも感じたが、米軍から衣服の支給を受けるとき、思わず起き上がっていた。

食べもの探しをしなくてもよい。米軍の携帯食糧は、箱入りだった。「パン、チョコレート、カンパン、缶詰、コーヒー、ココア」今日なら、子供でも知らぬもののない食べものを空腹どころか飢餓状態の目で、カンパン以外ははじめて見るものばかりに思えた。

収容所は、将校と兵とは別棟で、中は金網ごしでも見えなかった。長屋中隊長がどうしているか、ふと頭をかすめることはあったが、中隊長ばかりか、野砲兵仲間の生死もわからなかった。

「俺には美人の妹がいるんだ」

と長屋中隊長から聞いてから、密林の生活が二年近くも経っていた。急に長屋中隊長がいやに身近に思い出されたが、山浦さんは誰にもそのことは話さなかった。

こうして、一年間、米軍の収容所で、宿舎の組替工事などに従事した。病人から先に内地へ送還されたので、山浦さんの帰国は昭和二十一年も十月になってからだった。

マニラまで、米軍のトラックで運ばれるとき、あの三人乗りの、沈みかかった筏が急に懐しくなった。

アメリカの護衛艦のような船で名古屋港に帰り着いた。上陸するとき、米軍の衣服を返し、はじめて日本軍の新しい服を身に着け新しい帽子を被った。

山浦さんは伍長に進級した。弁当と、旅費と、小遣いを貰って、汽車に乗った。

車窓からは、夢のような日本の景色がどんどん飛び去って行った。野砲兵第十一聯隊六箇中隊約一千名のうち馬場聯隊長以下レイテ島に上陸したもので、生還一名。レイテに上陸できず、海没を免れて、ルソンの密林で戦った長屋中隊の中隊長以下十二名。他に山浦さんが生存者のすべてであった。

山浦さんの胸の内をたたく人があれば、山浦さんのフィリッピンはこんなふうだった。

「帽子をもってきて下さったわよ」

かな子のよく透る声がした。

丁度、夕日が沈むところだった。フィリッピンから現実に戻った山浦さんは立上って新築した家の方へ歩いて行った。

「あなたは、千人に十三人の歴戦の勇士なんだから、税務署でも胸を張って、堂々と言いたいことを言って下さいよ」

税理士は微笑み、山浦さんに鳥打帽子を渡しながら慰めてくれた。

だが、山浦さんの戦歴は、思えばあまり自慢できるような手柄話ではなかった。が、とは言え、お国のために木となれば切られるままに、石となれば砕かれるままに、大東亜共栄圏に没したものこそ山浦さんの青春だった。

野球も、サッカーも、女もなかった山浦さんの青春。今、身に余る程の税金が賦課されるに及んで、漸く一言の稿い《ねぎら》にめぐり逢ったあの南太平洋の青春。

税務署から、せっかく戻ってきた帽子を、山浦さんはポンと抛った。

「これからは、これを被ろう」と、山浦さんは頭の上の埃で色褪せた戦闘帽を手にとって見た。

待った

私は囲碁の有段者名簿に名前が載っている。もちろん素人《アマ》である。

囲碁という勝負事は十九路の線が縦横に引いてある盤面の線の交わっている上に、黒と白の石を互いに一箇づつ置いて、自分の領域を囲うのである。

囲った自分の陣地の広さを競う訳であるが、ただ囲えばよいのではなく、その陣地には生き、死にの判定があって、つまり生きた地だけが、自分の所有に帰するのである。その上、死んだ地の上に置いてある石は、ただ死んでいるだけではなくて、本来は自分の石であるその石で、自分の陣地を埋めなければならない。つまりそれだけ自分の地が減らされるという、きびしい掟になっている。

そういうわけで、囲碁の勝負に滑り込むと、親の死に目に会えないなどと言われるのだが、勝負に埋没するほど熱中するのには、もう一つ、「待った」なしという掟があるからである。

つまり一度盤上に置いた石は、黒でも白でも、しまった、ちょっと待ってくれ、といって置き直すことができない約束になっている。

生あるものは必ず死すなどと、陳腐な言葉をもち出さなくとも、人の命は、刻々待ったなしであるのだが、人は謙虚に、それは神の領域だと決め込んで、この地上にいる人間には普段はなんとなく待ったができると思っている。

台風とか地震とかの天然現象は、もともと「待った」なしだから、なんとか相手の打つ手を事前に察知しようとする。まあ囲碁は台風と地震の間くらいで、当ったりはずれたりである。

男女の恋愛も、熱中すれば待ったなしに思えるが、恋愛は自然現象のようで、相手の打つ手を事前に考えつくようなら、すでに恋愛とは言えないだろう。

私は、プロ棋士と打つときは必ず黒石を五箇置くことにしている。私は相手の先生が、何も言わないのをいいことに九段でも三段でも五子である。世間というところは、私の周囲も、囲碁の世界も共通していて、七段の棋士よりは九段の先生の方が上位である。だから、三段でも九段でも同じ数の置石では、高段の先生に失礼である、という考え方が常識的である。

しかし、常識というものは、使い古すと非常識になることがある。プロ棋士の段位は、私の考えでは学歴のようなものである。学歴がいくら立派でも、ときに何の役にも立たないことがあるのとは、少し違うけれど、私のようなアマチュアの囲碁好きからすれば、プロ棋士の段位は、何段でもかわらない。こう考える方がプロ棋士に対して礼を失していないと思うのであった。

東京に木谷道場という個人経営の碁会所があった。そこは、戦前に日本の棋界で呉清源と覇を争い大木谷と呼ばれた木谷實九段のお宅で、門下生が大勢囲碁修業をしていた。

私は、はじめどうして木谷道場へ行ったのか記憶がないのだが、とにかく木谷道場には当時、木谷礼子さんという女流五段がいた。

礼子さんは名にし負う大木谷のお嬢さんで、未だ三十前の、これがまたとない秀麗な棋家であった。

専門家に対する私の手合割が五子というのも慥《たし》か礼子さんがきめられたのだと思

う。私の棋力では、プロが真剣になれば、到底五子でも勝負にならない。それは、自分がよく判っている。そこで、どうせ負けるなら、美しい女流に負ける方がいいというのがせめてもの私の考えだった。

ところが、初めて木谷礼子さんと対局して、私はすっかり彼女に魅了されてしまったのである。それはテレビなどに出てくる女優などの美しさとは比較できない。しっとりした気品、一手一手相手を思いやる指先のしなやかさ、多くを語らずとも、自然に息づかいが柔らかな雰囲気となって、碁盤を挟んで、小さな夢の一角ができ上がるようだった。

勝ち負けよりも、一手一手進むのが惜しまれたが、困ったことに、盤側に着物姿の、かっての大木谷九段が、きちっと膝に手を置いて熟《じっ》と盤面に見入っている。

他の人のことは知らないが、私の場合はいつもそうだった。これは、ひょっとすると礼子さんが、私に気があるので、父大木谷が見張り番をしているのかな、と思いたくなるようで、花園を飛び交う蝶のように心は舞い上がり、指導料がいくらであったのか、まるで覚えていないのだった。

あるとき、木谷礼子さんが名古屋へ来られて、碁の指導会があった。私は名古屋の島村九段のクラブにも入っていたから、でかけていって礼子さんと対局に臨んだ。衆人環視とはこのことで、大勢の囲碁ファン、とくに礼子ファンに取り囲まれて、内心得意で、私は打ち進めた。

手合いは、いつも通り五子。中盤すぎて、私の黒石が碁盤を斜交に横切る程の大石に切断点がある。切断されると目が出来なくなる。目がないということは、つまり死ぬことである。死んだ石は敵方に取られて、取られた跡地は敵の領域になる。その上取られた石で私の陣地を埋められてしまう。これは殆んど全滅を意味した。

しかし、礼子五段はもちろん、黒石をもっている私も知らぬ顔で打ち進めていった。その後、結局他の地点で失敗して、私は投了、つまり勝負を諦めたのだが、勝負が済むと御浚《おさら》いをする。礼子さんも私も、その大石の断点には触れない。すると見物の渦の中から堪り兼ねたように手が伸びて、

「ここを切られたら、どうするんですか」と、いうではないか。

そこで、私が答えて、

「そんなところを切れば、碁が終わってしまうから、先生が、切るわけがないじゃあないですか」

礼子さんが、にっこりした。

ずっと訝ってこの一戦を見ていた見物が、どっと沸いたのだった。

私は専門家が相手でも待ったはしない。しかし、上手が私の手を心配して、そんなところでいいんですかと、上目使いに置き直すことをすすめてくれることはある。

あるとき島村クラブで、羽根泰正九段にやはり五子で対局した。

植木鉢の花が急に大きな莟をつけたように、めずらしく黒の大偉張りの局面になり、私は羽根九段の顔に目をやりながら、ついにこにこして、

「この先白石がどうなるかと思うと、他人ごとでも心配ですねぇ」

といった。すると羽根九段はとって返すように、

「そうですかネェ、私にはネ、黒いところがみんな白く見えるんですがねぇ」

ときた。

その碁は私の惜しいかな二目負けであった。

またあるとき、座長の島村九段と対戦したときだった。私の打った手を見て島村先生が考え込んだ。

「私でも先生が困るような手が打てるんですかねぇ」

と、私は少し得意な気持を気取られないように押しころして言った。

すると、

「いやね、下手《したて》がいい手を打ってくれれば、こちらも調子よく、ぱっぱっと打てるんですがね、変な手でこられると、これでも指導碁ですから、一応はその悪い手を咎《とが》めなければ役目にならないでしょう」

「これでも」というところがちょっと気になったが、島村先生は一息入れると、

「でもね、本当に咎めたんではお客さんの形勢が一辺に悪くなってしまう。そこ

で、相手が悪くならないように咎めるのが、むつかしいんですよ」

つまり、お客さんとは私のことである。

それ以来、島村さんが少し考えると、私はすかさず、

「変な手を打ったかなあ」

と呟く。

すると島村さんは、間髪を入れずに次の手を打ってくれるのが、私たちの暗黙のきまりのようになった。

島村さんは「忍の棋道」とか「いぶし銀」とかいわれて、名人リーグで最年長棋士として活躍していたが、S九段と優勢な碁を打っていて、突然倒れ、再起されることはなかった。

S九段は、カミソリSと言われ、戦前に呉清源にこそ敗れたものの戦後は名人、本因坊など多くの実績があったが、私たち素人には言うに及ばず、棋士仲間でも高慢に見えた。

島村さんは、そんなS九段を相手に優勢に打ち進めながら倒れたのである。

やがて、木谷礼子さんは、年下だが手強い打手の小林光一さんの奥さんになって、今はお嬢さんの小林泉美六段が女流本因坊であるが、不世出の佳人礼子さんは、惜しいかな早逝されて、すでにいない。

島村道場の後継は、息子の導弘《みちひろ》五段である。島村一門には、岩田達明九段、羽根泰正九段、山城宏九段など一流の顔触れが揃っていて、導《み》っちゃんは、専門の囲碁よりゴルフの方が熱心に見えた。が、そこは人柄で、大先生亡き後も島村クラブは健在である。

私は、その導弘五段とも五子で、勝ったり負けたりであった。

そこであるとき、導っちゃんが鼻下に髭をたくわえたのを見て、

「もし、私が勝ったら、その髭を半分だけ剃り落とすことにしよう」

と提案した。

導っちゃんは、にやにやしていたが、何と私はその後十連敗したのだった。

そのうち導っちゃんは髭をきれいに剃ってしまった。

「あゝ、これで安心して打てますよ」

と、導弘五段は白い歯を見せたのだった。

近頃私は、夜コンピュータを相手に碁を打っている。アマチュア初段クラスのコンピュータなら、私の腕前でも勝てる。ただ勝つだけでは面白くない。そこで、いろいろなルールを試みた揚句、今は私が黒石を五箇置いて打つことにした。私より、明らかに弱い相手に五目も置くのだから、ただ勝負を争うのではない。

つまり、私は、コンピュータの打つ白石の陣地を一箇所も生かさない。皆殺しにして、はじめて勝ったことになるというルールを独りで決めたのである。

ところで、これがなかなか勝てない。いくら五子置いていても、皆取りとなれば、かなり無理な手を打つことになる。機械とは言え、敵も必死で目をつくりにくる。

小さく石を屠《と》るのは簡単であるが、それだと、隣りの別の地が生きてしまう。豚の子を育ててから殺すという手を使わなくてはならない。

しかし、いよいよ大石が取るか取られるかの局面になると初段の機械でも、石と石がせり合った時のヨミは憎らしいくらい正確である。

そこで、こちらがやり損うと、「待った」ができるようになっている。

大威張りで待ったができるからというわけではないが、私は一手や二手の待ったでは間に合わず、十手近くも戻ってやり直すことがある。それも同じ箇所で、幾通りもやり直す。

その結果、漸く三回に一回くらい全部召し上げることに成功する。

そこで、「地合い」を確認するとコンピュータ画面の碁盤が真黒くなり、白石は全部姿を消すのである。私は、自分がこんなことで瞬時とはいえ幾ばくの快感を味わうことができる程度の馬鹿らしい存在であることを知るわけである。

いささか呆うけた話ではあるのだが、情けないのは、それが何度か「待った」をした上のことで、素人仕事で何度も塀を塗り直しているうちに、偶然にも思いがけない色に仕上ったような、自慢にならないのに自慢したくなる喜びなのであった。

今になって思うと、私は、自分でもあきれるくらい何も考えず、その日その日だけをただ生きてきたようだけれど、しかし、待ったをしたことは人生では一度もない。

こう書けば、何か背筋をのばしてシャンと見えるようだが、待ったは、したくてもできないことであっただけである。

簡単な、ただ一時間足らずで答えの出る囲碁でさえ、待ったを何回もして、やっと正着に出会えるのだから、待ったのない人生ではさぞ、ひどい手を何度も打って、とっくに取り返しのつかない局面になっているのが、今の自分の姿だということに、ここでやっと気がついたのであった。

子供の頃を振り返ると、人生の待ったなどまるで眼中になかった。つまり、子供の日常には待ったは存在しない。してみると、この七十になるまで、その事に思い当たらなかった私は、ずうっと子供のままきたのだったかも知れないのである。

私がもし、私の豚妻と結婚するとき、待ったをしていたら、どうであったか。私の妻は、十五年も前に死んでしまったから、豚妻などと書けるのだが、それなら私は豚夫かというと、そうではない。豚のように私はきれい好きではないし、白く豊かな抱擁力もない。

結婚とは、男女が裸で抱き合うことだと、私の辞書には書いてあるなどと、誰かの本で読んだのを、私は請売りして本気で言っていたから、そんな私と結婚するという女は、余程変わり者だったのだろうか。

しかし、私には、その結婚は「待った」なしのはずであった。

私は、血を吐いて寝ていたからである。喀血というのは、死ぬほどに吐くのでなければ、きれいな色鮮やかなものである。

昭和二十年代後半の頃は、まだ結核の治療薬がなかった。クロロマイセチン、つまりクロマイという注射薬が、アメリカにあると聞いていたが、一ドルが五百円とかいう時代で月給が三千円では、高価な薬を買う金は勿論なかったし、手に入れる伝手もなかった。

しかし、私が妻と結婚するきっかけになった私の発病は、何回目かで、再発したというのか、はじめから病気が治っていなかったというのか、すぐ死ぬような気もしなかったが、治るという希望の灯が見えるか見えないか、見ようともしなかった。


結核患者は、明るかった。

結核という病気は、病気の花形だった。

とにかく、殆んど全快することがないということは、当人たちにとっては、望んで手に入れることなどできない人生の勲章だった。しかし、世間でいうヤクザの勲章とは違って、すごく真面目に、にこやかに療養を続け、善良さながらな人がいるかと思えば、自分は特別の病気に罹ったのだから、何かから選ばれたのだと、自分で思い込んで、我儘を押し通す者もいた。まあ、しかし、とりあえず今日一日だけを生きのびるのだと思えば、やたらに女性患者のベッドにもぐり込んで、医師の回診の時など、二人並んでふとんから首を出していたところで、明日くらいは確実にあるだろう命の、自然現象だと皆黙って認めていた。

私が病院で覚えたのは、だが、女ではない。花札と囲碁であった。

もっとも、私に囲碁を教えてくれた岡野さんは、私より十歳以上も年上で三十半ばを過ぎていた。岡野さんは、石灰化した古い病巣を切除する手術を勧められ、優等生患者だけあって、いや応なく手術することに決めたのだった。まさかどうかなるような疾患ではないので、真面目な岡野さんが茶目っ気を出して日頃の碁敵きや、コイコイ仲間に、にこにこして、

「長い間、お世話になりました」

「ぼくも、そろそろ行くところができましたので」

などと、どこへ行くつもりか、わざわざ別辞の挨拶をして廻ったのだった。

ところが、彼の挨拶など誰一人気にも止めなかった。そんなことが虫の知らせという奴だったのか、病気より恐ろしい運命が待ち受けていた。岡野さんは、手術中

に急に血圧が下がって死んでしまったのである。

その当時のT国立病院の内科医長はT大出身で内科医ながら肺切除術の第一人者だった。

T国立病院は国鉄（現ＪＲ）のT駅から西南方約五キロに位置し、戦前は陸軍病院であったものが、昭和二十年十二月一日厚生省に移管されて国立病院になった。

建物は明治の木造建築で、まだ陸軍病院当時からの兵隊の患者も残っていた。

戦後の不安定な世情の中で、戦前を見てきた病棟はひっそりと構え、渡り廊下に雨が洩ったり、結核病棟の便所は水洗ではなく、入浴設備も街の銭湯以下であった。その上、風呂を焚く釜と給食を焚く釜が一つだったから、入湯時間は昼飯と夕飯の中間、つまり安静時間に当るという具合だった。

それでいて、厚生省から役人が来るときは、正門前の道路に砂利を敷いたりした。ただ、医師や看護婦は親切で、給食の食器がデコボコした、金の茶碗に金の箸だったが、一日百二円の予算だという食事にも、まだ仏さまではないのだが文句を言う者など一人もいなかった。

大部屋には八人ベッドを並べ、夜になると浴場で移された陰金田虫が痒くて、時を同じくするように、皆股間にサルチル酸を塗り、一斉に団扇をバタバタさせるのだった。

団扇の音が静まって、皆が寝入りかけると、きまって二十前の、一番年下のショウちゃんと呼ばれている青年が、

「一発やりたいなあ」

と大きな声を出した。まるで毎晩きまった出物を上演するように、同じことが繰り返されて、知らぬうちに眠りにつくのだった。

私は、今でも股間が痒くなると、この四、五十年も前の団扇の音を思い出すのだった。

「切れば半年」

と、私はこともなげに言われた。つまり、手術すれば半年で治るが、手術をしなければ一生かかるということを一言で宣告してくれた訳であった。医長は肺切除の成功例を誇る自信にあふれた態度だった。私は若年の故か、生まれもった狷介の性癖からか、その横顔に反発したくなって、死んでもいいからという程の潔さではなかったが、手術はしないことにした。

その時の私は、結核の治療の歴史を調べて決心したのだと自分に言い聞かせた。結核菌が最初に発見された当時は、治療方法は全くなかった。結核といえば、転地療養で、空気のきれいな別荘などでぶらぶらしていて、自然に治る日を待つ。これこそ上流階級の贅沢病である。結核の女性は、いかにも色白で、蒲柳のか細い美人だと相場がきまっていたのだが、それは結核患者が自ら慰める想像の美人で実際とは違っていた。

自然療法の次は芹沢光治郎の「パリに死す」で有名な人工気胸療法が最初の外科的療法であった。人工気胸療法は、不治の病であった結核患者の二五パーセントを、救うことができると言われた。

しかし、私が最初に発病した当時は、この人工気胸療法で肺に溜まった水で、肋膜が癒着して寝たきりの人が何人かいた。人工気胸療法は、肺を包んでいる肋膜の二重になっている透間へ注射針で空気を入れるのである。つまり、肋膜を膨らまして、肺を圧迫することで、肺に巣喰う結核菌の活動を圧え込むことを目論んだものであった。しかし、この療法は、結核菌を困らせたが、肺の立場からも、随分迷惑なものだった。

うまく行くことがあれば、そうでないことだってある。人工気胸療法の成功率が二五パーセントだとしても、岡野さんのように、血圧が下がって死んでしまったのは統計に入っているんだろうか。

だから、運悪く七五パーセントに入った人以外にも、死んでしまった人もあるのだ。

人間の絶対は運だということを、岡野さんが死ななくても、たいていのことは運だと結核患者は誰も口にはしないが、知っていた。

空気の三分の二は水だから、人工気胸で肋膜に水が溜まると膿むことがある。こうなると膿胸といって、まず一生はベッドの上である。どのくらい生きられるのかもわからないのであった。

人間のことは、大抵は運だと言ったが、高価なクロマイに代って、パス、ヒドラジドという二種類の化学療法薬を組み併せて服用する保険新薬が登場したのである。

頓服のように、飲めばすぐ効くわけではないし、手の平のくぼみに一杯のパスは顆粒で、口の中で粉がむせるように舞って、おいしい薬では勿論ない。ヒドラジドの方は少量の散薬で、これは何の苦もなく飲める。が、そんな贅沢の言っていられる場合ではなかった。

効き目は誰にもわからない。とにかく、飲むことだけが人生の唯一つの道筋のようだった。

つまり、結核療養所は、天の差配する捕虜収容所のようで、自分の意志で決められるものは何もないのだった。

私の人工気胸療法は、来週と決まっていた日程が取り消され、その代り口一杯にむっと広がる白い粉末のパスを服用することになった。

私は少し安心した。

「よかったね」

と誰かが言ってくれる訳ではないし、多少慣れていた脇腹に針をさされなくなったことも、あゝそうかでもなく、やれやれでもなく、

「やらなくてもよくなったわよ」

と言う女医さんに、私はにっこりした。

化学療法という、夢のような治療方法が出現しても、結核という病気はしぶとい。化学療法も、人により、病巣の位置により、更に結核菌にも性質がまちまちのようで、その上、病気の年季にもよるといった具合で、同じ治療でも十人の患者に十人の経過があった。

化学療法のおかげで、私の結核は小康を得た。その代償として、治ったかに見えては再発し、また少しよくなっては働くといった具合で、何回も入退院をくり返すことになった。

その間に、今度は肺手術が注目されることになる。結核患者の肺の手術は二種類あって、岡野さんが勧められたのは肺切除である。これは文字通り、結核菌に冒された肺の部分を切り取ってしまうのである。肺切除は病巣の位置が切除しやすい肺の上葉部にあること、病巣がある程度固まっていることなど、肺病としては、なかなか上等の場合に限られたから、医者が頑張りすぎてむつかしい病巣の切除をしない限り、おおむね術後の経過は良かった。

手術でも、肺切という人は、幸運の部類なので、岡野さんは、もともと幸運の人であるはずが何のはずみか天井から不運の床へ叩きつけられてしまったのだった。

もう一つの手術は胸郭整形手術である。病巣のある部分の肺の胸郭の肋骨を背部で折って取り除き、胸郭を縮小して肺を圧迫することで、結核菌の巣喰う空洞にふたをしてしまおうというやり方である。

これでも結核菌の活動をある程度止めることができれば、延命術であることは確かである。整形術は肉屋のおじさんの方が上手いんじゃあないか、などと自嘲気味に術後の傾いた肩をいたわるような、誇示するような歩き方になるのだった。

私の結核は、割合質がよく、内服の新薬の効き目があったので、私は入院と退院とを繰り返しながら仕事をすることができた。

何となく結核との同棲にもなれて、しばらく退院し、私は普段の仕事をしていた。

そんなある日電話をかけていると、その時だった。

「ごぼっ」

と喉元で、音がしたようで口内に何か生温かいものが溜まった。

吐くとチリ紙がきれいな紅色に染まった。しかし、結核に罹ったことがあると、気管支拡張があって喉から出血することだってある。

私は、喀血ではないかも知れないと咄嗟に考えて、受話器を置くと改めて電話器を取った。

「今から外出したいのですが、これ、大丈夫でしょうね」

私は、以前世話になった医師の自宅へ電話で出血の状況を説明した。

そんなに命をかけるような覚悟をしなくてもよい仕事なのだが、何しろ戦争中の少年期に、義務と責任感ばかり教えられて育った世代である。真正直に、そのことが自分の人間存在の証しとでも思い込んでいて、どんな時でも無理して仕事に出かけようとしていた。貧乏からできた習慣だったかも知れない。

「ここは自宅で、診断するといっても……」

医師は口籠った。

そのとき、

「ごぼっ、ごぼっ、ごぼっ」

と喉からあふれてきて、もう診断の必要がなくなった。

これは本物の喀血であった。

私は仕方なく家に帰って布団に横になったが、血は「ごぼっ、ごぼっ」と道路工事の旗振り人形が、工事中の合図を送るように私に何か信号を送っているようだった。

私は入院中に知り合った年若い看護婦に来てもらった。

「ごめん下さい」

と彼女は改まって入ってきた。

二間だけの私の家には、私が寝ている六畳間のほかには四畳のタタミが横に並んだ部屋が隣接し、そこには雑多に本や書類が散乱していた。

遠い北国の中学を出た岩下純子は、T国立病院の準看護学校を卒業して、正規の看護婦になるための勉強中だった。

何となく人の良さそうな、まだ世間を知らぬ頼りなさと、世間の苦労を垣間見てきて、会得した身のこなしとが、バランスを失っているようで可愛らしかった。

岩下純子は、「あらまあ」と言って乱雑な室内を見廻した。もし、そのまま彼女が私の家に居《い》つけば、私は彼女と結婚しただろう。が、彼女は私の喀血にすっかり青ざめて、すぐ電話をかけに行った。

戦争で父親を失った私は、母と一人の姉と二人の弟があった。

父は、職業軍人だったから、まるで習慣のように金持ちで器量よしの母と結婚した。軍人は、いつ死ぬかわからない。そのとき、生活に困らないために必要なものは金である。次に、残った妻が美人なら世間は放って置くことはない。

明治維新以来、日本はずいぶん生活がよくなったとは云え、日清、日露と戦争を重ねて、サムライ稼業は江戸の武士よりはるかに危険率の高い商売であった。

昭和二十年八月、戦争は終ったが、父は当然のように帰っては来なかった。それから、私の家は、恐ろしい夢を見ているような貧乏が始まった。

母は明治の小成金の家に育って、軍国主義の花盛りのような時に酒屋と本屋にしっかり借金のある青年将校と結婚した。

若くて未亡人になった母は、

「こんなことなら、親の言う通りに養子をもらって、分家しておけばよかった」と呟いて誰にともなく頬をゆるめることはあったが、再婚する様子はまるで感じられなかった。

結婚した当時の、きれいに着飾った母の姿を近所の人たちが遠くから眺めたものだったと、私はずっと後年、出入りの商人だった人から「あなたのお母さんはねぇ」といって、幾度となく聞かされた。

私の一家は、借金と長男である私とを置いて、皆東京へ去った。

だから私は、二間だけのバラックのような家に一人で棲んでいたのである。

血を吐いていた時間がどのくらい経ったのか、岩下純子の電話で私の師に当るS氏が医師を伴ってきて下さった。

喀血は、その医師のたった一本の止血剤で他愛もなく止った。

S氏はこの地方で指折りの裕福な商家に育った人だったが、自分の境遇が何不自由ないことを愧《は》じて、社会主義になった所謂《いわゆる》大正デモクラシーの人である。

「この家にはストーブはないのかね」

S氏が壁の剥げ落ちた、がらんとした室内を見渡して言った。

家の中で氷の張りそうなこんな家でも、空襲ですっかり焼かれた街で焼け残りながら、ある事情から住む家がなくなり、母の着物から女中布団まで、売れるものは飯台の机も売って、やっと建てた家なのであった。

私にはこの寒々とした家が少しも寒くなかった。風呂もない、タタミが沈んで床下からへビやカエルが出てくることを自慢したいくらいの家だった。

「誰か来てくれる人はいないかね」

再びS氏が言った。

「先生、もう大丈夫ですよ、寝ているよりしようがないんですから」

と、私が答えた。

「電話するとこあれば行って来るわ」

岩下純子の言葉に誘われるように、私は一人の女性を憶い泛べた。

電話番号を書いたメモを持って岩下純子が寒い夜道を帰って行った。

S先生も帰った。

あくる日、いつとはなく眠って、目を醒ました私は、食べるものとて何もなく、ごぼごぼは止ったものの、少しずつ出血は続いていた。

「電話したわ」

紙包みを持って岩下純子が現れた。私は、この世にこんな可愛い女がいるのかと思ったくらい、急に嬉しくなって、結核もそこそこ悪くはないなと思えてきた。

「たぶん、午後には来て下さるわよ」

純子は、紙包みからパンと牛乳を取り出して、私の枕元に並べて置いた。純子の仕草は充分の親切を恥ずかしそうに遠慮がちに差し出しているようだった。

私は、まだ出血が続いていたが、急に空腹を感じて腹這いになると、パンをひと口食べ、牛乳を呑んだ。牛乳は甘酸っぱく感じられ、心の充たされるおいしさだった。

何時間か眠った。

目を醒ますと午後の日陰がさしていた。

「あら、わりと元気そうじゃない」

須貝友子のよく透る声がした。

「あの子帰ったわ、私会社の休暇とって来たから、しばらく大丈夫よ」

結核は法定伝染病である。ところが、私は幸運と言えるかどうかはわからないが、最初に発病した時から、微熱があって、起きていると体がだるい。疲労が重なったときの倦怠感のようなもので身体が被われて、これはどこか悪いんじゃあないかというのが自覚症状だった。咳はでなかった。痰も出ないから、ガフキーの培養検査もしなかった。ガフキーというのは、口から結核菌が飛び散る分量の基準のことだが、どういう単位なのか私は知らない。

だから私の結核は、開放性という、結核菌をばら撒くようなことはないわけだが、血を吐いているときはどうなのか、よくわからない。

なんだ、お前の病気はそれでも結核か、そんな結核ごっこのようなことで、肺切除をしたり、胸部整形手術をした人のことがわかるか、まして手術を何回も繰り返した揚句、気管支漏になって濃胸になってこそ、結核患者だと言えるのだ。

という声が聞こえてくるようだった。

しかし、そうではあっても、実際に喀血するのは、看護婦の岩下純子が狼狽を隠さなかったくらい見馴れたことではなかった。だから、血を吐くということは、その先に肺切除や整形術が待ち構えており、またその先に気管支漏や濃胸と続く結核双六の上がりまでが、いつも胸の空洞の中に存在していた。

結核は伝染病であるが、どういう時に移るのか。この病気は、必ず移るわけでもない。いつ移るというものでもない。それでも結核患者は、死に至る恐ろしい行程図を持参していて、人を遠ざけるに充分の威力があった。

たとえ患者同士でも、重症病棟に近づく者はいなかった。

しかし、何でもないような私の病巣は浄化性空洞で、病巣の中身が陰性で、有難いことに肺の患部から呼吸に伴われて排出するというものだった。

それにしても、女というものは落ち着いたものだと私は思った。手を差し延べると、すっと引っ込めるような純子に較べると、友子は、

「わたし、ちゃんとした女よ」

と言っているようで、もともとこの家に住んでいるような素振りにさえ見え、私の方が躊躇うような、安心するような心地で、天井の節穴が急に大きく見えた。

それから一週間ほど、私は少しづつ血を吐きながら、友子の作ってくれるお粥を食べて寝ていた。

血の出る奴はたちがいい、と言われるように、人が驚くほどの重篤な病状ではなかったが、医者は、はじめに電話で喀血の実況をしたから、知っているはずである。私は医者の都合で病気になったわけではないから、まあ仕方ない。こうして一日一日と過ぎていくのが何となく他人事のように思えた。

友子は根が明るいというのか、病気に対して鈍感というのか、或いは単に無頓着

なのか、病人に接近することを恐れなかった。

「どうするの、しようがないわねえ、病院に入ったら」

「私、先生に頼んできましょうか」

須貝友子は、そんなことを繰り返し言いながら、

「いーくとせ　ふーるさと　きーてみればー」

などと口ずさみ洗い物をしている。

と、表にスクーターの止る音がして、

誰かくる気配だ。

この家は、玄関を入れば、私の寝ている部屋だから、そこに清川先生が立っていた。

「どんなふうかと思ってね、連絡がないので、ちょっと寄ってみたんだが」

と常に静かな口調の清川先生は、ぼそぼそといつもの口調である。

「急に死ぬわけでもないと思って寝てるんですが……」

私は少し口ごもった。

さすがに医者の都合で病気になった訳ではないからとは言えなかった。

清川先生は、病室は何とかするから、明日にでも一度病院へいらっしゃいと、いつもの静かな笑顔を残して帰って行った。

「いい先生ね」

遠ざかるスクーターの音の中で友子は言った。

こうして私の何度目かの入院生活が始まった。ただ入院したのはT療養所の方だった。

T市には国立病院と国立療養所とがあった。清川先生は、もとは国立病院の医師で、あの岡野さんを手術した医長が、簡単に肺切手術をすすめるのに対し、内科療法を重んじて、しばしば医長と対立するらしいという噂があった。

清川先生は、それで国立療養所の方へ転勤したのかも知れなかった。

国立T療養所は、昭和十年にT市立高山病院として発足したものが、戦時中の日本医療団統合を経て昭和二十二年厚生省に移管された当初は大府療養所の分院であった。昭和二十六年に独立して国立T療養所となったものである。

大府療養所も、もとは陸軍病院であったが、戦後は結核の療養所として聞こえが高かった。

国立療養所の建物は、もともとが市立であったためか、兵舎の名残がする国立病院より、もっと病院らしくなかった。子供の歓声が聞こえてきそうな小学校の建物のようであった。

しかし、T駅から東へ六キロほど街並からはずれて田畑の間を通り抜け、弓張山系の山麓に近い、閑静温暖の地は結核療養所の見本のような立地であった。

「やっぱり、ここへ来なきゃあ駄目だて、こないだもどうしてもよくならんで、そいで先生のとこへ来たらすぐ治った」

清川先生の診察室で患者の婆さんが、人生経験のすべてを注ぎ込むような自信にあふれた口調で清川先生に訴える。

「なんの、そんなことはないよ」

「いやいや、先生でなくちゃあ駄目だ」

「違うよ、そんなことはないよ」

「いやいや、そうだ」

と、こんなやりとりを続けながら清川先生はカルテに処方を書き込むと、

「あんたが恰度治る頃にここへ来たんだよ」

と言って、にっこりした。

患者が次の順番の私に入れ替わった。

清川先生と婆さんのやりとりが、あまりにもおかしかったので、

「先生、せっかく言ってるんだから、あんなに頑張らなくてもいいのに」

と、私が言うと
「だけど、本当にそうじゃあないからねぇ」

と清川先生は、臨床医学だって科学なんだよ、と言っているように、いつもの口籠るような、はにかむような穏やかな笑みを泛べる、その辺りが年老いた女性、つまり婆さん患者たちに圧倒的な人気と人望とがあった。

その清川先生に迎えに来られては、医者の都合などと拗ねているわけにはいかなかった。

こうして、須貝友子は、ごく自然に私の家で留守番をするような形になった。

後から振り返れば、結核との付き合いがだんだん疎遠になっていく入院であったのだが、正真正銘へモッタのは私も初めてで、傍目にはしょんぼり見えたかも知れないが、自分では、痩せこけた胸を張って、入院した。

へモルというのは、へモグロビンからの援用か、患者仲間で喀血の隠語だった。

国立療養所の所長であるK先生は、なかなか評判の人だったが、会うと尊大が謙遜しているような官僚臭のある人で、ただ一見誰にでも辞は低く構えていた。

案の定、入院生活には次ぎつぎと小さな事件が起きた。戦後は月並み以上の貧乏生活で、自分では充分すぎる人間修養をしたつもりでも他人の目からは、腹ぺこ侍の高楊枝で、何だか奇妙な構図の男に見えたことだろう。

体力が、かなり落ちていたことは慥かだった。入院してすぐ発熱した。病院というところは、朝食前に一回、昼食後に一回、夕食後、つまり就寝前と、一日三回、看護婦が検温に来る。

「お変わりありませんかー」

と、いうのがきまりの文句で、体温器を集めに来るとき、患者の手首を執って脈拍を数える。ただそれだけのことで、若くて少しでも美人の看護婦が来るのを心待ちにしている。

朝から熱のあった私は、昼にも同じことを訴えたが、看護婦は、

「あら、ほんとだわ」

と、いうだけであった。

夕方の検温も同じことが繰り返された。

貧乏生活の修業もこの際は何の役にも立たなかった。何分、三十九度という熱が相手である。じっと天井を見上げて寝ているだけなのだから、熱で死のうが生きようが、病人たるもの、運命は従うものを舟にのせ、逆らうものを曳いていく、などと映画のセリフのようにただ運命に従うだけでよいのだが、自分のこととなるとそうもいかないのだった。

そこへ折りよく須貝友子が、着替えの下着を持ってきた。

「おい、救急車よんでくれ」

事情を知らない友子が、呆れ顔で、

「どうしたの、ここ病院よ」

と、言う。

私が朝からのいきさつを話すと、友子は、

「私が先生に頼んでみる」

と言って病室を出て行った。

四人部屋の同室者は、T市から西南へ太平洋に突き出した半島で農業指導者の左垣さん。四十年配のがっしりした、いかにも百姓の親玉といった色の黒いとても病人、それも肺結核には到底見えない人。山口さんは、T市から北に二〇キロ程の、稲荷神社で有名な門前町の街はずれで、これも農家の主だった。もう一人は気弱い青年で、その気弱の故か、つまらぬことで肩肘張って、チンピラ風を吹かし、要領の悪い年配の看護婦に食って掛かったりする田川君だった。

体力自慢の左垣さんは、私の寝具を干したり、取り入れたりした上に、農業指導者だから百姓仕事の全くわからぬ私に、稲作の手順を苗床から稲刈りまで講義してくれた。

彼は見るからに頑丈な体力を持て余して、突然襲ってきた、目に見えない結核菌に怯えて、かまきりに捕まった蝉のように、ふるいわななくこともできず、夜も眠れぬ風であった。

どう見ても左垣さんは、病気じゃあないと私は思った。左垣さんにそう言うと、

「一度僕の写真をみてくれませんか」

と彼が言う。

夜、看護婦詰所が暗くなってから、レントゲン写真をそっと持ち出して来ることはできる。私は病歴の長い割には、病巣が若く、発病と治癒を繰り返していたので、レントゲン写真の異常を見分けることくらいはできた。

「左垣さん、こりゃあ古い病巣で、もう固まってるよ、今更治療は必要ないと思うよ」

私が、一度他の病院で診てもらうことを勧めると、彼は満面の笑みで、歯ばかり白く浮き上がらせた。

彼は間もなく、ふとんを軽々とかついで、退院した。私の手許には、農業講義のノートが残った。

なぜ、こんなことが起こるのか。

田舎の町村には保健婦さんが活躍している。保健所で行った間接撮影のレントゲン写真は、病巣の状態まではわからない。だから、既往症はすべてピックアップされることになる。

一方、受け入れる側の国立の施設では、今や肺切除術は気管内全身麻酔法が導入されてからは危険度の少ない手術になっていた。

概して外科医は手術が好きだが、肺切除術を誇る結核医とて、外科医のようなものである。

その上、手術というものは活動していない病巣なら術後の経過は大変よい。これは当り前のことである。しかも、結核の病巣が古いものであるか、まだ少しは活動しそうであるか、この見極めは、ある意味で主観である。今日の胃がんなどの手術でも言えることである。

清川先生は、この時流に背を向けていたわけではないが、彼の診断には時流にかかわりのない信念といえば大袈裟だが、彼の日常は自ら信じるところを行うというものだったのだろう。

こんなことから、山口さんの診断も私がする羽目になった。山口さんはすこぶる健脚で、入院患者でありながら、夜九時に消灯になると、やおらおでかけになることがあった。

一〇キロだか二〇キロだか、彼は隣町のそれも郊外にある農家、つまり自分の家まで、奥さんを抱きに歩いて行くのだった。それで、朝六時頃の検温までには、何事もなかったようにひっそりと体がベッドの上に置かれていた。

山口さんは、時々寝言を言った。

「おい、おい、おいと言ったが返事がなーい」

同室者が全員目醒めるくらいはっきりした寝言で、おい、おいは思い入れ深く、続くおいと言ったが返事がなーいの下りは浪曲の調子である。山口さんは、一週間に一度は必ず遠征に出かけたが、そのうち三度に一度は、浪曲を唸った。

夜道をはるばる歩いて来る亭主を迎えて戸を開ける女房がどんな声をあげるのか、誰も想像したりしたわけではないが、それにしても三度に一度は開けてもらえなくて、すごすご引き返す夜空の、山口さんは星のまたたきや月の光に慰められて、首尾を果たしたときとちっとも変わらぬ足取りで、静かに布団に横になった。

山口さんが寝言を言わない夜はといっても明け方だが、帰り着くとぐっすり眠り込んで朝いつまでも目を醒まさなかった。そんなとき、事情を知らぬ朝番の看護婦が、

「さあ、起きなさいよ」

と声をかけても返事の代わりに布団を顔まで覆ってしまう。

「まあ、山口さん」

やっきになった看護婦が、山口さんの掛布団を裾の方からめくり上げて、

「キャー」

と叫んだ。

山口さんは、ヘソの上に蛇を抱いているのだった。蛇が人間の腹の上で蜷局《とぐろ》を巻いて一緒に眠ることを私は、この時実地に知ったのだった。

この山口さんも私の診断で、ひっそりした笑顔を残して退院して行った。二〇キロ向こうの恋女房は迎えに来なかった。

もう一人の田川青年は、独身だった。

彼の病状は他の三人に較べて本格派だった。そのことを一番よく知っているのは彼本人だった。見舞に来る親兄弟もなく、年も二十代半ばで、彼が希望を託すものが何も見出せないことを納得するとかしないとか、そんな問題ではなかった。

彼は医師に対しても、時に乱暴な口をきいた。若い美人の看護婦には、優しい口調になるのだが、残念なことに看護婦の方が急いで通り過ぎようとした。

しかし、田川君は真は優しい性で、手乗り文鳥を飼いならしていた。病院で生き物を飼うことは許可されていなかったが、彼の枕元で、時には彼の寝巻の襟に顔を埋めていたりする文鳥は、看護婦たちにも人気があった。

「この鳥はね、朝の卵を俺がじっと温めたら孵《かえ》ったんだよ」

彼の手の平で遊ぶ文鳥に見入っていた年増の看護婦に彼が言った。

「へえ、田川君、すごいんだねぇ」

いかにも気が利きそうにない小肥りの看護婦が、年甲斐もなく本気にして、しきりに感心するのを、田川君は窓の外を指差して

「そこに亀がいるだろう。その亀も、俺が卵から孵らせたんだ」

どれどれと、人の好い笑みを泛べて、看護婦が窓から覗くと、一匹の亀が紐につながれている。

「いるだろう、どんどん大きくなるんだ。そいで、酒を飲ますと喜んでね、うた唄って踊り出すんだ」

さすがの看護婦も、ここまできて、

「まあ、田川君たら」

と、言って小走りに出て行った。

室内にどっと、いつにない歓声が上がった。

この田川君は、医師の指示する手術を拒み続けていたが、これも私の診断で肺切

除を行った。術後の田川君は室が替わったが、手術は成功したのに、田川君は独りで命を絶ってしまった。彼の死が何によるものか、話題にする者もなかったが、清川先生が私に、

「田川君はせっかく手術をしたのにねぇ」

と、言って、彼に手術を説得した私の気持を労ってくれた。手術後の田川君は、病室に籠りがちであった。手乗り文鳥からも彼の心は放れてしまった。彼の鳥は、なかなか飛び去ろうとしなかったが、消え去った鳥を彼は見ようとしなかった。一旦は医学が彼を救ったかに見えたのだが、本当に彼を襲っていたものは、結核だったのか、果たして何であったのか。

友子が所長のK医師を伴って帰ってきた。

K医師はちらっと検温表に目をやってから、私の方へ顔を向けると、

「ここは、ホテルじゃあないから、何でもすぐ間に合うという訳にはゆきませんよ」

と、言った。

K医師が言い終わるか終らぬうちに私の胸に込み上げてくる何かが暴発した。

「何てことを、医者たるものが言うんですか。そんなら看護婦が検温なんか来なければいいではないか。東京から医者を呼んだって、とっくに着いてる」

ここで私は一息入れて、口を拭うと、

「だから救急車を呼べばいいんだ」

と叫んだ。

K医師はさすがに患者の剣幕に驚いて、遅ればせに言い訳をして帰って行った。

この一幕を見ていた同室者はもとより、静まり返っていた夜の病棟に私の声が響き渡った。このことがあって、入院間もない私は患者仲間からある信頼を得た。その後、同室の二人が退院し、一人は手術に成功したのだった。

なぜこうなったかはあとでわかった。土曜、日曜は医師が手薄のため、少々熱があるくらいでは看護婦が報告する医師がいないことが初中終だったのであった。

こうしていや応なく私の病院生活が馴れるにつれて、友子は留守番しているほどのこともなく、岐阜の会社へ帰って行った。

私と友子は、結婚とか、何かを互いに何一つ言い交わしていなかった。

友子は痩せ身で華奢に見えたけれど、ばねのある体でツッツと爪先立って歩いた。色が目立って白く無邪気だったから、同窓会の写真では親子のように見えたりした。その上に首だけが真白く写っているものがあった。

「あら、首にお化粧を忘れちゃった」

自分だけあまり色白でいやだから、顔に肌色の化粧をして行ったのに、首に塗るのを忘れたというのであった。

毛も少なかった。子供のようにすべすべしていて、眉がなかった。そのためにフランス映画の女優のように細い長い眉を引いていて、少し得意そうだった。

こうして私たちの間は、待ったなしで始まったのに、結果としては、待ったのような形になったのだった。

それから療養所に春が来て、夏が過ぎた。秋の日ざしが傾き、百日紅《さるすべり》の花も咲き過ぎる頃、私は、また健常者の世間に戻ってきた。

その間、療養所の裏門から密かに帰る患者たちは、思いなしか土曜や日曜の夜が多かった。


机の上に小さな会社の税金を計算する書類が待っていた。

このときこそ、私は、「待った」をする好機だったのだ。それなのに私は待ったをしなかった。次ぎの手を待ち兼ねて打つヘボ碁だって、待ったをするのに、何故か待ったをしなかった。いや、待ったができなかった。

私に不足していたものは勇気なのか、才能なのか、私はふと田川君を憶い出していた。

あの頃

あの頃、船橋の宮本町二丁目のバス停の近くに、

「守れ速度」

という文字看板がミヤキ百貨店の構えの横側に書いてあった。手前が空き地になっていたので、バスの進行方向右手に「守れ速度」が大きく見えた。

昭和十二、三年頃のことだから、もう六十五年も昔のことだが、当時から、自動車の速度は注意されていたのだ。

バスへ乗ってどこへ行ったという憶えもないが、いつも「そこの、守れ速度のところで停って」といってバスを降ろしてもらった。

ミヤキ百貨店というのは、今でいえば、ごく小さなスーパーとでもいったところで、雑貨店に子供の菓子類やメタルなどの当る籤、さつまいもにごまをつけて揚げたのも売っていた。

宮本国民学校（小学校）へ入学した私は、三年生の一学期まで、この学校へ通った。

ミヤキ百貨店では、何でも売っていたが、私の家ではお金を持たせてくれなかったから、欲しくても買えなかった。とくにキリンや象などいろいろな動物の形をしたビスケットで片側に赤、黄、緑など色とりどりの砂糖が盛り上がるように塗ってあるのは今でも、つい買いたくなる。

さつま芋の揚げたのは、出来たてを新聞紙に包んでくれるので、色のついたビスケット以上にわがやの門を入ることはむつかしかった。

何しろかき氷の器が不潔だからといって、姐やが入れ物を持って買いに行った上、ミツは家で煮たものを使ったくらいである。

母はきれい好きというより、神経質だったのだろう。毎日掃除のたびに、頭から足の裏まで叩きをかけられて、最初に掃除のできた部屋へ入れられ、家中の部屋の掃除が済むまでは出してくれなかった。閉じ込められた部屋のタンスの上に、いつもお菓子の缶が乗っていた。

お金を持たしてくれないからといって、私の家は、貧しかったわけではない。富裕とか豊かというのとは違うが、お金の心配をする人はいなかったし、家ではお金を見たことがなかった。

私の父は職業軍人で四十歳をすぎ、陸軍中佐くらいだったから軍国主義の時代の軍人の権力は、今では想像もできないものである。

小学校三年生の一学期が終って、満州へ行くことになった。引越しのとき、兵隊さんに混って、近所の交番の巡査も手伝いにきた。

お巡りさんは、よく通りがかりに家に寄って、何かとこまごま手伝ってくれたから、私はかなり後年まで、お巡りさんというのは、何でも手伝ってくれる人だと思っていた。

軍人の奥さんの中には威張り散らして出入りのご用聞きに、缶詰を打つけた人もいた。私の母は清潔以外のことはやかましくなくて、誰にでも坐って畳に頭をつけるようにして挨拶をしたから、評判がよかった。

この船橋時代が、父の人生では、わずかにゆとりのあったときで、庭に毎年鉢植えの菊を作った。

「菊は天長節（四月二十九日）に挿して、明治節（十一月三日）に花が開く」と父から何度も聞かされたが、父の菊作りは実に小間目で熱心だった。

粘土の小さな団子に五〜六センチくらいの菊の苗を挿して、箱に入った水はけのよい砂地に並べて埋める。幾日かして、砂地から堀り出して見ると菊が根付いて、粘土の団子から白い根がはみ出している。何か訴えようと手を差しのべて今にも動きそうに見える。

次ぎに小さな素焼きの植木鉢に腐葉土と土を混ぜた中へ植え、だんだん植木鉢を大きくしていくのだった。子供の私は手伝う余地はなく、せいぜい水をかけるくらいだった。父は私が見ていると機嫌がよかった。

菊ばかりか、草木は物言わぬ生き物である。私も物を言わぬことはいくらもあるが、物を言わずにいて、相手に伝わることは、まずないと思わなければならない。

以心伝心ということはある。話が変なところにとぶが、大正、昭和にかけて、河上肇という経済学者がいた。京都大学教授であったが、人道主義的な志が、学生の頃から篤かった。明治三十四年、足尾銅山の鉱毒被害者救済活動を行っていた婦人団体に感激して、街頭で有金全部を寄附したがなお、心安まらず、着ていた二重回し—着物の上に着る和服のコート—を脱ぎ羽織も脱いで与えたのが新聞に大きくでた。その新聞を見たすでに文名の高かった夏目漱石が、「なかなか奇徳な学生だが、少し頭がおかしいのではないか、しかし、もし狂っているとすれば、その狂う方角がよい」と言ったそうである。

河上博士は共産党のシンパになり、共産党員が金を貰いにくると、机の抽出しをあけて大学教授の給料袋を逆さにし、小銭を抽出しに落し、あとは袋ごと寄附したという。後に河上肇は遂に入党の感激と、獄中の苦難とを経て、戦後間もない昭和二十一年一月三十日六十七歳の生涯を終えるが、多くの専門的著作の他に「自叙伝」一巻を残した。また晩年の詩と書を私は好きだ。一篇を引用する。

いほりつくらば

わがために
いほりつくらば
ひんがしに
まるまどあけて
三竿の竹

みなみには
ただひともとの
紅梅の
春を忘れで
半ば朽ちつつ

河上肇は山口県の岩国の近くの村長さんの家に生れ、我儘いっぱいに育った。彼は小学校がいやで行こうとしない。仕方がないから爺やが背負って後向きに歩いて学校へ行ったという。

河上少年は、爺やの気持を以心伝心で知っていただろう。

私は船橋の頃、学校へは行ったものの、間違いなく遊びに行ったつもりだった。授業が終るのを待ちかねて、校庭で遊んでいるうちに、遊びながら家に帰ってくるので、カバンは教室に置き去りである。

以心伝心とは少し違うかも知れないが、十四、五になるツヨさんという姐やは毎日学校へ私のカバンを取りに行った。私はそれすら気付いていなかったのだから、草木の間柄のようなものだった。

船橋は当時開けつつある街で、海岸添いに新道ができ舗装工事を行っていた。当時の舗装技術は切り餅を継ぎ合せたようにコンクリートを並べ、継ぎ目にコールタールを詰めてあった。

少年たちの間では米ゴマが流行していて、学校では禁止されていたが、学校から帰ると家の庭にコマの土俵を作り、

「チッチーのチッ」

とコマをたたかわせた。

強い米ゴマを作るには、コマをコンクリートで削ってコマの背を低くすることが一つと、コマの上にコールタールを塗り詰めて重くすることをしきりに試した。そのために、新道の継ぎ目のコールタールを掘りに行った。

その新道にそって、京成電車が走っていた。千葉の方面にその電車で行くと父の勤務していた陸軍の騎兵学校のある習志野があったが、その習志野の手前に谷津遊園という小さな駅があった。

駅は小さかったが、谷津遊園は大きかった。よく日曜日に家族で遊びに行った。もっとも家族といっても、いつも父はいなかった。

谷津遊園には先ず、日本一といっていい高さのスベリ台があった。ぐるぐる目が

廻るほど階段を登ると、やっとスベリ口に辿り着いた。スベリ降りる途中に、トンネルと鉄橋があり、尻が熱くなった。

「迷い道」は、本当に迷った。いよいよ帰ってこれなくなると垣根の囲いの透間から無理に這い出した。後年幾度も味わうことになる人生の迷い道で、いつも谷津遊園を思い出したが、垣根を破るようなわけには行かなかった。

「迷い道」の真中は堀り割りがあり、龍宮城があったが、釣をしたことはなかった。

苺狩りにもよく行った。いくらかの入園料を払うと、苺を摘んで、竹かごの皿に一杯持ち帰るのだが、姐やが着物の袂にこっそり収納場《しのば》したのはよいが、苺はつぶれてしまい、着物まで汚して大失敗に終った。

谷津遊園は海岸まで続いていて、潮干狩もできた。何しろこの地方は大きなものが好きな土地柄といわれ、船橋には「天に聳える無電塔」と歌に唄われた無線の通信塔があった。戦後、私が結婚してから、妻の雅香と谷津遊園に一泊したが、遊園地内に走っている汽車に飛び込み自殺をした人のことが報じられたことがあった。

妻はまさかと思う雅香といった。たぶん雅子のつもりだったのが、子の字をこと変体仮名書きで届けたため、役所が間違って香の字を当てたらしい。

しかし、雅香は色白でバネのある、少しそそっかしい性だったから、生来のやや茶目気もあって、雅香ちゃんは人気者だったという。丈夫なのと、明るいのが取得だと、自信をもって言い、否定する人はなく、「私は大丈夫」が口癖だった。それで私は随分助けられたが、その取り得の大丈夫が仇になり、私を残してあっさり死んでしまった。しかしそれは別の話である。

習志野の騎兵学校へは一度だけ兵隊さんと練兵場へ栗拾いに行った。

この船橋にいた三年余りの期間が、私の記憶に残る一番穏やかな時代に思われるが、その間に日本は大東亜戦争に突入した。

神武皇紀、二千六百年の祝典で、街中が旗行列で賑わった。学校では紀元二千六百年の歌をうたった。

その頃河上博士や、左翼反戦の人たちが、反戦思想に対するきびしい弾圧により、拷問を受けていたわけで、小林多喜二が殺されて十年が経っていたのだった。小林多喜二は父より三歳年下で、銀行員だった。私は軍人の家に生まれ、社会主義とかは聞いたこともなかったし、軍国主義が当然のようでも、軍国主義とは、戦争が済んで、世の中が、軍国主義は間違いだったという時代になってから盛んに使われて私も軍国主義を知った。

父が大切に育てたといっても、常に菊の世話をするのは、菊につく害虫のアブラ虫の消毒くらいで、あとは水をやるだけである。

それでも秋風が吹きはじめ、菊が蕾《つぼみ》をつけはじめると、太陽の光りはもちろん重要だが、それ以上に気をつけなければならないのが雨だった。菊は一本立ての大輪を咲かせるものと、途中で芽を止めて茎を三本に分け、三本に分立させ三つ揃った花を咲かせるものがあった。

とくに大輪を咲かせる一本立てのものは、蕾も大きく、雨水が蕾を腐らせてしまうことがあった。

そこで大敵の夕立ちがくると、「さあ、一大事」とばかり、葦簀の張ってある軒先へ菊の鉢を搬び入れる。

母は、自分から手を出さない人だった。子供の私は大きな鉢に育った菊を搬ぶことはできない。それで姐やのツヨさんが一人で懸命に搬び入れたのだった。

もちろん夕立ちの時刻に父が家にいたことなどなかった。菊の花も、いや人間も、花が咲く前が一番大事なのがよくわかるのだが、私は後年そのせいで、男の花が咲かぬうちに人生を終えることになってしまい、今こんなものを書いている。

あるとき、ツヨさんが一鉢を運び込もうとして、あろうことか不運にも菊の莟を庭木の枝に当ててしまい、莟が落ちてしまった。

母、ツヨさん、私。三人はそれぞれひと言も口をきかずに顔を見合わせた。これこそ、私が眼の当りで体験した一番の大事件だった。

母は、ツヨさんを叱らなかった。ひと言の小言もいわずに黙って縁側のすみに落

としていた目をあげて、

「山岸園芸へ行きましょう」

と、いった。

そこで、私とツヨさんと母と三人は歩いて山岸園芸へ行くことになった。山岸園芸へは家から北東の方へどこからか流れてくる小川に添って細い道を曲りくねりながら辿って行く。

その小川には、よく紙の舟を流しに行った。遊ぶことが人生の目的のようだった私は、雨が降ると家に閉ぢ込められて退屈で仕方がない。折り紙で覚えた紙の舟を一日中作った。小さな千代紙の舟から、新聞紙で折った大きな舟までを飽かずに折り続け、大きな舟の中へだんだん重ねて収めておく。

雨があがると、その舟を抱えて、この小川の川上へ胸を踊らせながらトコトコと歩いて行った。山岸園芸はその途中にあるのだから、そんなに遠くなかった。抱えて行った紙の舟は小川へ一隻づつ流した。最後の一隻を川に浮べると、今度は河口を目指して夢に向かうように走った。

小川が海に流れ込む地点で、まだかまだかと待つ間を何と表現したらよいのか。恋人と待ち合わせるのなどよりも、ずっと純粋に只管《ひたすら》にただ待った。この気持はうまく表現できないが、やがて、私の船団が一列になって抜きつ抜かれつ現れる。この見事な船団が西に傾むいた日の光のキラキラ反射する沖合いへ消え去るまでの心の中を誰かに見せてやりたいと今でもそのことを思い出す。

私はこの船団の影が見えなくなっても、日のかげった海面から、はじめて郷愁などという言葉は知らなかったが、ある懐かしさのようなものを覚えた。

小柄の母と子供の私にくらべ、一番足の早いツヨさんが、責任感からかどんどん先に行ってしまい山岸園芸の前で待ちかねている。この日ばかりは山岸園芸がいやに遠かった。

山岸さんは、背の低い人だと思っていたが、父の菊作りの指南役で、父と一緒に見ていたので、そう思ったのだった。普通の背丈の人で、いかにも草木と話ができそうな、風にそよいでいるような人である。

蕎の落ちた菊の鉢には「田舎娘」という名札がついていた。どんな花が咲くのかなと子供の私でさえ思っていたのだ。「田舎娘」の一鉢は、父が特に目をかけているると山岸さんは言った。

日が暮れないうちにと私たちは内心でそれぞれ焦っていた。山岸さんもいつの間にか真剣な顔になった。

広い園内を広いなどと思うどころか、よく似た姿の菊の鉢を探し廻った。皆で、鬼ごっこの鬼になって、逃げない相手を探すところは、さぞ滑稽だっただろう。

山岸さんが、

「これで、いいでしょう」

と急に元気な声で言った。

なる程、山岸さんが見つけた一鉢は、蕾のとれた「田舎娘」に瓜二つで、鉢を並べても判らない。だが山岸さんが言うのには、菊の苗はとり寄せるものだから、

「田舎娘」がどんな花を咲かせるのか、山岸さんも知らないという。見つけた鉢は、「高砂」という名札がついていた。

「田舎娘」に対して「高砂」ではと、母は心配そうであったが、私は「高砂」から能面などの精悍な顔立ちを思い浮べることなど知らぬが仏であった。

「高砂」の真白い大輪が、思いなしか周囲を睥睨するように開き、さすが山岸さんの手塩にかけたものだと子供にも察しがついた。

父はこの「高砂」の男性的な美しさを気に入ったようだったが、一連の騒動を知ってか知らでか、わが家で「高砂」は一度も話題に上ることはなかった。

父と一緒に写っているたった一枚の写真が、そのときの秋晴れの一日で咲き誇る菊の鉢の前に私と姉がしゃがみ、両脇に着物姿の父と母、母に次弟が抱かれているものが残っている。末弟はまだ生れていなかった。

父と一緒に風呂に入ったのもこの頃で、父は器用に足の指で私の脹脛《ふくらはぎ》を湯舟の中で挟むので、私は飛沫をあげて「カニ」から逃げ回った。

写真に写っている菊は見事なものばかりで、もちろん「高砂」もある。写真に写っていない出来損いというのか、三本の背丈が揃っていないものや、どういうわけか成長が止って背の低いものなどが幾鉢かあった。

ところが父は、この出来損いを学校へ寄贈した。教員室はまだしも、校長室にこの菊が飾り置かれているのには、子供の私でも恥かしかった。

模型飛行機を作り出したのも、この頃である。

父に伴われて、夜道を模型屋へ行った。私の家では、「欲しい」というと何でも買ってくれた。これは、物欲しがりにしないための教育のつもりらしかった。

だから家には、およそ子供が欲しがりそうなものは何でもあった。すると友達や、友達に混って、そのまた友達が遊びにくる。

遊びにくるのはよいのだが、友達の誰かが「これが欲しい」と言ったら、それはさっさとあげてしまうきまりになっていた。

玩具は右から左、右から左となくなった。

しかし模型飛行機は、材料こそ買うが、自分で作った。作ったものは誰もくれと言わない。それでせっせと、ライトプレーンというのを作った。

父と模型屋へ行ったのは一度きりだが、私はうれしかった。それは月のない秋の夜道で、轡虫《くつわむし》が「シャガシャガ、シャガシャガ」とやかましく鳴いていた。

ライトプレーンというのは、ゴムでプロペラを廻して飛ばすのだが、先ず軸になる一本の細い木の先にプロペラをつけるアルミニュームの金具を糸で巻き付け、しっかりセメダインで固定する。セメダインが乾く間が待ちきれなくて、ツヨさんに持っていてもらう。私はそのまま遊びに行って帰ってくるのを忘れたことが何回もあった。

次ぎに羽根は主翼も尾翼も竹籤を曲げたものをニューム管で継いで取りつける。竹籤《たけひご》はローソクの火で焙りながら曲げる。翼には紙を張る。

プロペラはでき上ったものをつけるだけで、動力は糸ゴムである。よく飛ぶのを作るのは割合簡単で、飛行機の重心が主翼の長さの三分の一プロペラ寄りにあればよかった。

この模型飛行機は、六年生の夏に母の郷里で米軍の空襲に遇うまで百機以上作った。

船橋時代の三年足らずが、私の少年時代で最も多くのことが思い出される。故郷と呼べるところのない私にとって、あるいは船橋が、故郷といえるかも知れなかった。

それというのも、やはりこの時代が唯一つ記憶に残る父と日常的に過したときだったからだろうか。

コールタールを穿った新道を横切ると、貝殻が山積みにされていて、粉にする貝殻の匂いがした。浜昼顔の咲いている細道を行くと、すぐ海岸でまるで海が挨拶するように潮風が匂った。

防波堤には船虫が当てもなく這い廻っていた。あの船虫に何か考えがあってのことなのかとみとれるほどの興味はひかなかったが、それでいて、何か暗示的な行動のようにも思えるのだった。

船橋の海岸はきれいな遠浅で、杳《はる》かに沖合いまで見渡すことができた。父と魚釣りに出かけ波打際にそって足をヒタヒタ濡らしながらの帰り道、ピカピカッと海面が光り輝き突如としてドドーンと雷鳴がひびき渡った。一瞬私は体が震えるほど緊張したが、前を行く父は釣竿をかついで、何事もないようにどこ吹く風。人並以上に小心だと思っている私が、ときに、いやに肝が坐っているようにとられることがあるのは、父とのこういう一回づつの経験が、いつの間にか積み重なった結果かも知れない。

砂浜の広がる遠浅の海では、引潮のとき広々とした干潟が出現した。干潟のその向こうもはるか沖合いまで、ところどころが中洲のような砂地が現れて、ずっと沖合いまで歩いて行ける。中洲の砂地と砂地の間に幾本も海の中の浅い川ができる。ハゼや小魚、シャコ、エビ、カニなど、海は小さな生きものの宝庫で、毎日何の変りもないようでどこかが違っていた。

海の中の川にそって中洲の砂地に土手を作り、切れ目を作っておくと、土手伝いにハゼや小魚が泳いできて切れ目の溜りに入ってくる。そこに坐ったままで難なく小魚がとれる。シャコはうっかり踏んで、足の裏で跳ねるのをとった。

夢中になると、いつの間にか、海は静かに満ちてくる。気がつくと帰れなくなりかける。そんなことが毎日くり返されるところにも、人生は自然そのものなのだと、何十年も経た今なら思えるが、そのときはすっかり狼狽てては逃げ帰った。堤防までがまるで沖合いのように遠かった。

こうして海の夕日を満喫して帰ると、暮れかかった空にヤンマの大軍が飛び交っている。竹竿の先に舟の帆のような網を張って、真直ぐに飛んでくるトンボを薙倒すようにして簡単に捕えられるが、私の家にはトンボ捕りの竿はなかった。

引潮の海の干潟にはいたるところにカニの穴があり、バケツ一杯のカニを捕えて、庭の砂場に放しておく。カニは一日二日で、皆砂場の囲いを越えて逃げてしまうが、雨が降って縁の下が水溜りにでもなると、いつか逃げたカニと、懐しく再会した。

丸蟹というのもいた。タラバガニの極く小さい形で体が一センチ五ミリ程でハサミを掻き寄せるようにして前に歩く。足幅が五センチくらいのもので、砂に潜って姿をかくすが逃げ足が遅いので簡単に捕れた。ひっくり返して腹を見ると、オスは三角の性器の格納？　らしいものがあり、メスは、丸く少しふくらんでツルツルしていた。

この丸蟹はカニの横這いならぬ前へ這うので縁側で競争させた。

これでは全く勉強などする暇はない。

きわめつけは蝉取りである。船橋時代、先ずすぐ取れるのは、お馴染の油蝉である。それからニイニイという「盲蝉」である。この二種は羽根が茶色で、あまり美しいとは言えない。捕えても感激がなかった。それに対して秋口に鳴くつくつく法師は、白く透徹った羽根、小型でスマートに身を翻えし、キラリとした魅力があった。つくつく法師は、なかなか捕えにくかった。

だが何といってもセミは、ミンミン蝉であった。遠くのほうから「ミーン、ミーン」とよく徹る声がきこえると、さっととりもち竿を手にするや、そのはるかの声をたよりに一心に、足音をしのばせて歩を進めたものである。

ミンミン蟬は、しかし住宅の並んだ地域には近寄らず、こんもりと樹々の繁ったお宮の森のように涼しげな木の少し高いところにいた。

これはなかなか捕えられず、ある日幸運にも捕えたミンミン蟬の羽根についたトリモチをきれいに拭い、胴を糸で結んで庭のモミジの木に留めた。

あくる日わが家の庭で「ミーン、ミーン」と鳴いたときの感激は今も忘れることはできない。

演習で幾日も家を明けた父からのハガキに「セミは捕れますか、毎日菊に水をやって下さい」とあった。

ミンミン蟬と同じくらい貴重なものに兜虫と鍬形虫があった。

当時の船橋は充分に田園都市であったが、兜虫と鍬形を私は捕えたことがない。

いよいよ満州へ転校する別れの日、同級生が皆で駅まで送ってくれた。

そのとき、宇曽井君というウソのような名前の友達が二匹の兜虫を私の胸に這わせてくれた。この最高の贈物のために宇曽井君の名は今も忘れない。

国を挙げて、軍歌と軍靴に沸き返っていたときだったから、私をとりまく子供の世界にも

ホンコン破り
マニラ抜き
シンガポールの朝風に
今、翻える日章旗

こんな歌がいつも頭の上に流れていたが、実感では戦争の悲惨さなど、全く想像できなかった。

宇曽井君から兜虫をもらって、満州の公主嶺《こうしゅれい》に行ったのは、私が小学三年になっ

た昭和十七年の七月だが、はじめて東京の空にアメリカの飛行機が飛んできたのも、その頃だった。

母につれられて、船橋から総武線に五十分乗って東京へ行った。私は病弱で、小学校へ一年遅れて入学していた。

神楽坂の石畳の道を登って行くと左側に藤本医院があった。藤本先生は、船橋まで往診にきてくれたが、ときどき健康状態を見てもらうために神楽坂の医院へ行った。

パンビー製薬という会社が別にあって、藤本先生の「パンビー」という保健薬が家にあった。「わかもと」のようなものだった。外にカンユー（肝油）もあったが、殆んど飲まなかった。

姉が腎臓の手術で折笠病院へ入院したのもこの頃だった。折笠病院の待合室には、きまって

「クズヤー、オハライー」

と鳴く九官鳥がいた。

このとき姉に付き添った斎藤さんという看護婦が器用な人で、折紙を教えてくれた。ツルのように折り出して、途中から少し複雑になるのが、ユリの花。フクスケのやや簡単な折り方に似た柿の花を、大きさを少しづつ小さくしていき、一本にぶら下るように糸で房にするとふじの花になった。

ユリの花を折るとき色紙を表裏合わせせると花弁のようになった。ユリの花を沢山折って、丸く球状に糸で結んだクスダマは見事だった。

ユリの花は今でも私の秘技になっている。
三、四年前にスウェーデンのストックホルムに遊んだとき、偶々《たまたま》日本祭のような行事があった。誘われるまま会場へ行くと、折紙のコーナーがあった。私は早速ユリの花を折って、そっと置いてきた。
藤本医院の帰りは母のお伴で三越だった。その日どうして秋葉原の駅へ出たのか定かでないが、敵機来襲とかで空を見上げたのは、秋葉原の駅だった。当時から秋葉原駅は高いところにあった。キラリと輝いて、点になったのがコンソリデーデットB24だと後で聞かされた。

今になっては駅が高いところだったので少し怖かった以外は、はっきりしない。しかし、そのときから僅か二年半で、父と永遠に別れることになろうとは、誰知るものとてなかった。

父の最期の薫陶は竹馬だった。

ある日、朝早く、

「オーイ、竹馬の練習をするゾー」

という父が私を呼ぶ声がした。庭へ出てみると、もう竹馬ができていた。竹の節の一番下の地上にすれすれのところに足をかける木が組んであった。

いくら何でも、これならすぐ乗れる。

が、父は一段上げた。

今度は、そう簡単にはいかない。すると父が、私から竹馬を取って、乗って見せる。軽々と駆け足をしたり、片方の竹馬を担いで、ケンケンをしたりする。どうだ、こんなに簡単なことじゃあないかと父の顔にかいてある。

父は子供の頃、竹馬に乗って小学校へ通ったという。その竹馬は、竹竿の一番上を手で握る高さだったから、屋根から乗ったのだという。

父が屋根から乗った竹馬で、大跨で歩いて行く様子が目に浮ぶようだったが、父は学校では二階の窓から入ったと、笑っていた。

とにかく、私の竹馬は、早朝からとっぷり日が暮れるまでの訓練で、頭の高さくらいまでいって漸く終った。

とにかく私は無我夢中だった。ただ一所懸命で他のことは何も考えなかった。昼飯を食べた記憶もない。足の指の股が赤く腫れ上った。

私の心のどこかには、今もこの竹馬精神が懐しく残っている。

しかし、父が子供の相手をしたのは、三年間に数える程である。夜も家にいるときはいつも書斎で、何か調べもののようなことをしていたらしい。

らしいというのは、書斎は重い木の扉で締め切られ、中をうかがうことなどできなかった。木の扉の前にきちっと正座して、

「お父さん、お休みなさい」

と、廊下に頭をつけるようにしていうと、

「オーッ」

と、ひと言返事があった。

この船橋時代の何といってもトピックスは、父の弟である軍医の叔父が遊びにきたときのことである。この叔父は父の兄弟が皆、陸軍幼年学校へ入学したのに一人だけ合格できなかった。

叔父は朝鮮の京城の医専を卒業して軍医になっていた。この叔父は、ある日偶然出合った女性を見染めて後をつけて行った。家はわかったが勇気がないので、父が話をつけにいって、その美人と結婚したのだと、いつだったかずっと後年母から聞かされた。

遊びにきた叔父と連れ立って、父は二人でどこかで酒を飲み、数人のならず者とケンカになった。

もとより父は剣の達人で短い棒切れ一本で簇《むら》がる連中を敲《たた》きのめした。ところが片や軍医殿の方は敢えなく叩きのめされてしまい、

「こいつが足手纏いで、とり逃した」

といって、父は叔父を背負って帰ってきた。

それから一週間くらい、叔父は私の家で頭を冷やしたりして寝ていた。

この一件で、この叔父は軍人になり損なったばかりか、だらしない弱虫の叔父として私たちの記憶に残った。

だが後年、戦争が済んでから、この弱虫が美人の奥さんに臀を叩かれて、私たち一家を窮乏を極めた戦後社会の路頭に迷わす挙にでたのであった。

どれ程の美人であったか、私は一度も逢ったことがなかったが、この世に人間の欲望と美人ほど、うとましいものはないと、つくづく思い知らされたのだった。し

かし、それはずっと後のことで、あの当時、子供にはまだ蝉やトンボのような当てのない夢があった。が、大人たちの唄う軍歌の声は日ましに大きくなっていった。

わが大君に召されたる
命栄えある朝ぼらけ
たたえて送る一億の
歓呼は高く天を衝く
いざ征けつわもの日本男子

私にとってはローソクの灯が消える前のように、暗くなったり明るくなったりしてあの頃が思い出される。

夕日

Ｔ市の北から流れ込んでくる水量の豊かな川があります。源流はずっと北の信州の方から流れてきて、日本のどこにでも見られる紅葉や桜嵐と遊びながら、岩にぶつかって繁吹きをあげ、岸のひらけた日溜りでゆったりし、歴史をまるで覚えていない今日だけのように流れて一〇〇キロも下ってきます。

この流れはＴ市の「お城下」へさしかかるところで大きく右に曲って、ときおり和船の行き交うのどかな河景色がずっと、三河湾の河口まで続いています。この川にはよく鯔《ぼら》がはねたり、うなぎやハゼも釣れますが、鯎《うぐい》が鼠の死骸に輪になって群がったまま流れてきたりしました。鯎の運命は川の流れのままのようでも、鯎はそんなことにはまるで無関心に、ただ餌から離れまいと夢中で体をすりつけながら川下の方へ流れていきました。

丁度、川が右へ曲ったところに一本の支流が流れ込んでいます。支流は本流と落差があって、支流の流れは音を立てて本流に落ちています。

そこには、無造作な風情で古い橋が架かっています。川は丁度橋の下から、だーだーと水音をたて一刻も休まず、日の光に反射して、キラキラ光り、滝のように気取って見えることもありました。

この橋は誰言うとなく、ダーダー橋といいました。

少年は、霽《は》れた日、夕刻の迫る頃、自転車に乗って、よくこのダーダー橋へ行きました。でもそれは川を見に行ったのではありません。

ダーダー橋の袂から西の方の空を見ると、遮るもの一つない茫漠の彼方に、丁度満州平野の眺望のように日が傾いていきます。

やがて杳かな山波のように霞む地平線に、赤い夕日が沈んでいくのです。

少年は、いつもその夕日が、すっかり地平にかくれるのを待って、自転車の荷台の上に立ち上がります。すると、今、たしかに沈んだはずの赤い夕日の太陽を、もう一度見ることができます。辺りはだんだん暗くなってきて、二度目の夕日は、少し寂しそうですが、それでも満州のあの大きな赤い夕日が、いつも少年の胸に蘇るのでした。

満州の広野は、見渡すかぎり高粱《こうりやん》畑でした。トウモロコシもあったのでしょうが、少年には高粱畑と見分けがつきませんでした。

毎日夕方の四時頃、果しなく続く高粱畑のはるか向こうを南満州鉄道の「あじあ号」が右から左へ走り抜けていくのが見えました。

少年の家の窓は東向きだったのでしょう。当時在満国民学校（今の小学校）五年生だった少年は、毎日この「あじあ号」を見るのが楽しみでした。「ボクらが大きくなる頃は、日本も大きくなっている」という歌を唄っていた頃ですから、超特急「あじあ号」の遠い影が得たいの知れない何か大きな夢とか希望を乗せていて、疑う余地のない荘厳なものに思えたのでした。

しかし、少年は、その「あじあ号」を、胸を踊らせて見たというより、この異郷の地で一人望見する「あじあ号」が走り去ることは少年の胸底に一抹の淋しさのようなものを残しました。

少年の家は官舎の一番はずれにありました。少年は朝学校へ行くのに父と同じ自動車に乗せられることがあり、学校の門でポンと降ろされました。学校は自動車の通り道だったのです。その自動車には、三本の旗が立っていました。父の専用車の旗が一本、それから将校の旗と、もう一本は聯隊旗でした。

日本は物資のない国ですから、父は節約して、一台の自動車で三台の役目をさせ、その上少年も一緒に乗せたのです。

それはあくまで序でのことでした。帰り道はトコトコ歩きました。かなり遠い道のりを少年は、同じ官舎に住む少年たちと、三々五々、つかず離れずに一緒に帰りました。官舎は道に添ってずっと並んでいましたが、少年の家は一番はずれにありました。何かわけありげに、満州人の子供たちが少年たちを遠巻きにして、付いて来ることがありました。

満州人の子供たちが、日本の子供たちに敵意を持っていることは、何となく解りました。彼らは決してお互いの顔がわかる程に近づいては来ません。石を打つけたり、声をあげることもしません。十人くらい固まったり、少し離れたりしながら、じっと日本の子供たちを監視するような眼で見詰めているように思われ、少年たちに何か怖さと緊張感となって伝わってきました。毎日、最後に一人になる少年は、どの家に帰るのかを見届けられているような気がしました。

夏は四十度にもなる暑さで汗をぼとぼと落としながら歩きました。ときどき、プラタナスの樹の下に入ってほっと汗を拭うと、乾燥した風が、気持よく肌を撫でてくれますが、ふと見ると、満州人の子供たちも何か言いながら立ち止まって、少年たちが歩き出すのを待っています。

プラタナスの木陰には満州人の大人が、二、三人のんびりしゃがみ込んで、高粱餅のようなものを食べています。朝、自動車の窓から見た人が、学校の帰りにも、まだ座っているのが、少年にはとても不思議なもののように思えました。それは長閑というのとも少し違って見えました。

秋が近づいてくると草原にトンボが飛び交います。満州では日本のことを内地といいますが、内地と同じ塩辛トンボと麦藁トンボです。少年が一種の憧れに似た気持で追いかけたヤンマは、満州にはいません。ヤンマばかりか、何だかこの広々とした大地から、不思議に憧れを感じることがないのです。夏がくるたびに少年を夢中にさせた蝉の声をきくことができないからかも知れません。

それでも草原のはずれの水源地から流れ出る小川に泥鰌《どじょう》がいました。

秋が深まるのに日はかかりません。冷たい風が吹き始めると天道虫の大群が霞の向こうから一気に押し寄せてきて、日溜りになっているレンガ造りの官舎にべったりとまります。この天道虫が、それからどこへ行ったのか少年は、うっかりしていましたが、天道虫に代わって蟋蟀《こうろぎ》が庭の石の下など所狭しと鳴き出します。内地のに較べると、敏捷ではなく、すぐ捕まえられますが、大型で気味悪く、少年は手を出しませんでした。

十月に入ると、ある夜一陣の風が吹いて、公孫樹《いちょう》の葉は一枚残らず絨毯《じゅうたん》になり、空は泌透るように見えますが、次の日には公孫樹の絨毯もきれいに消えていて、道はコツコツと靴底に応えるようになります。

こうして、一度凪が吹き、一度雪が降ると、そのまま真白く凍りついてすっかり冬の道になります。公孫樹もポプラも、恥じることなくきれいに葉を脱ぎ捨て、見上げると網をかけたように細い杪《こずえ》が空を透かしています。

こんな日和のときは、満州人の少年たちとの距離はずっと近く思えました。やがて、零下二十度ともなれば防寒具に身をかため、少年たちは北風からかくれるように肩を寄せあい固まって歩きました。

中でも体の一番小さく先頭をいく少年が元気よく、

「オカザキテルゾウ、サムクナイゾー」

「マンダ、チットモサムクナイゾ」

と声を張り上げました。凍てついた道に少年の声が波打つように消えていきました。

戦後六十年、この元気だった少年たちは思い出の中にだけあって誰一人とも全く消息がありません。

私たちの行動を、満州人の子供たちはただじっと窺っているだけで何の反応もしませんが、彼らは根気よくいつも同じ行動を取り続けました。彼らは何といっても寒さが平気でした。

少年たちは、気体燃料のように白い息を吐き、防寒帽を目深に被り、睫毛が凍って瞬きするたびに瞼の邪魔になりました。防寒靴の中で足指の感覚がなくなるくらいでしたが、満州人の少年たちへの緊張感が、いくぶん忘れさせてくれました。

「東洋平和のためならば、何で命が惜しかろう」

という歌は国民学校の少年たちでも知っていましたが、毎日満州人の子供と、つかず離れず何キロかの下校を共にするのは、これを東洋平和というのかどうか、少年の心をすっと鳥影のように掠めるものがありました。

少年のいる四平街《しへいがい》という市は、奉天より少し北にあって、帝政ロシアのコサック騎兵隊の駐屯地であった公主嶺よりは少し南にあります。

四平街には関東軍という日本の陸軍の、戦車聯隊と戦車学校とがありました。少年の父は、その戦車学校の校長でした。それで少年の家は郊外にずっと続く官舎の一番奥のはずれにあったのでした。

少年は満州に来るとき、父と二人で来ました。母と弟は、母の郷里であるT市に残り、姉は東京の女学校にいました。父と二人だけの旅行は、少年には初めてのことでしたが、後になって見れば、生涯にただ一度だけのことになったのです。汽車も白線の引いてある一等車に初めて乗りました。

満州へ渡る人は沢山いましたから、渡満という言葉はよく耳にしましたが、トマンも関釜《かんぷ》連絡船《れんらくせん》も少年にはその語感に、国民学校の一年へ入学した初めての朝、靴を脱いで教室へ入る時のような未知への期待と不安を覚えました。

連絡船が下関港を出航する風景は、早朝の大空から光が刺すように輝いて、少年の目には映画の最初の場面のように映りました。

といっても、その頃、出航の時は船室の窓は一切閉め切られて、港の景色を見ることは禁じられていました。

港は海軍の要塞でしたから、機密を守ることは厳しい軍律でした。しかし、少年と父と二人だけの一等船室には、誰も入ることはできませんから、少年はそっと窓の覆いの隙間から、この誰にも言えない光景を一人で胸の奥に宝物のように仕舞いました。

春まだ浅い釜山の夕刻は、内地にくらべると、冷んやりとしました。それから鉄道で朝鮮半島を北上し、そのまま南満州鉄道に乗り入れ、幾晩めかに四平街に着きました。

満鉄には少年も聞いていた「あじあ号」が走っていましたが、四平街には止りません。少年は父の後について、「展望」という急行に乗りました。父は水筒の酒を飲んでいれば機嫌のいい人でしたから、少年は黙って窓外を飛んで行く草原ばかりの景色を見ていました。

少年は、こんなに長く汽車に乗ったことがなく、話し相手もいませんから退屈でした。その上満鉄は、駅でないところでも止ることがあり、それも二時間も三時間も止っています。四平街に降り立ったときは、座りくたびれて重い足をひきずるように、とぼとぼと歩きました。

夜も深けて、駅舎の周囲は暗く、少年の目には何も見えませんでした。

父の官舎には、父の他に副官の将校が一人同宿し、当番兵が二人と、食堂のおばさんがいて、父は今でいう単身赴任の子連れといった塩梅でした。

朝の食事は父と副官の将校と三人で一緒に食べました。小窓の向こう側からおばさんが盆に乗せたご飯を差し出すと、直立した当番兵が、食卓まで捧げるようにして運びます。まるで劇の練習をしているようで、少年は自分がご飯を食べているのか、何杯おかわりをしたのか、いや、しなかったのか。気持が落ち着きませんでした。

その上、副官の将校は、ご飯のお替りのとき、茶碗の蓋を差し出しました。父はチラッと見るような、見ないような素振りもしませんでしたが、その大山という副官の仕草は少年の目にも何か脆い感じがしました。

ひろびろと開けた早春の満州。その原野に一列に並んだレンガ造りの官舎。学校から帰ると少年の相手は二人の当番兵の他は満州人のボイラー焚きと姑娘《クーニャン》でした。

少年は満州語がわかりませんから、ボイラー焚きも姑娘も、ただ少年を見てニコッとするだけでした。姑娘は春が忽ち初夏にもなる頃、廊下の目張りをとって、いつも雑巾がけをしていました。満州では、冬の極寒の間は窓も廊下も、継目の隙間には紙で目張りをします。室温が下がらないように外気を遮断するのです。

姑娘は玄関から外へ水も撒きました。満州は雨が滅多に降りません。河原の土を錬って木型でレンガに抜き、天日に干したものを積み上げれば、満州人の家は上等にでき上がります。姑娘は雨の日も水を撒きました。決められたことを決められた通りにしたので、彼女は一所懸命だったのでしょう。少年は五年生でしたが、その姑娘の水を撒く白い手も、どんなに可愛らしい娘で、どんなにふっくらした足をしていたか、何も覚えていません。仲良くしようという気はあったのですが。

官舎の庭に、鶏が二羽いました。少年は当番兵から餌を貰いました。押麦は楕円形に潰されて真中に一本線が入っています。少年は麦の生えている畑を知りませんから、大麦も小麦も区別がつきません。その押麦がどのようにして生産されたのかも考えず、少しずつ撒いて歩くと、二羽の鶏は後先になりながら、餌をつついてついて来ました。

「ワガクニノ、グンタイハ、ヨヨ、テンノウノ、トウソツシタマウ、トコロニゾアル」

満州の官舎で、父は時々、勅語を読む練習をしました。

聞くともなく、いつしか少年も覚えました。少年は一度だけ、この「テンノウノ、トウソツシタマウ」軍隊の戦車に乗ったことがあります。轟音と、細い鉄の隙間からチカチカ光り輝く外界が見えました。この戦車学校に福田定一という学徒の将校がいて、のちの司馬遼太郎だということなど知るわけもありませんでした。

「キミたちは、学問で国家社会に尽す身でありながら、このような北の涯てにきて大変ご苦労である。だが人間は健康が一番大事であるから、朝起きて、躯がだるいようなときは、すぐ医者に診てもらいなさい」

戦局も押し迫りつつあった昭和十九年の戦車学校長訓辞は、これ一回きりだったと、後年司馬遼太郎は語っています。

軍隊では、師団長とか旅団長とか、偉い人が転任になると、お祝いの奏上文を奉るしきたりだそうですが、そんなとき、父は「誰か適当に書いて置け」と言って一向に取り合わなかったそうです。副官は大いに困って、書き手を探したが見つからず、だんだん下へきて、司馬遼太郎が書いたそうです。

「ボクは字がへただから、誰かが清書したらしい」

と、これも司馬遼太郎の述懐です。

あるとき少年が外出するのに、護身用の小型のピストルを持たされました。安全装置が掛けてありましたから、試しに引金に指をあててみましたが、さわるかさわらぬくらいで引金がひけるのです。つまり護身用とは自決用なのだと、少年にもわかりました。

　つめたいピストルのつるつるした感触と形のかわいらしさには、何か戦争に引き込まれる魅力が匿されているようでした。

　当番兵の銃剣は、手入れを怠るとすぐ錆びます。当番兵は二十前で、官舎の当番という役柄は、肝腎の主が寛大などという意識もないくらいの無頓着でしたから、庭の蟋蟀が石の下の隙間を自由に動き回るように軍律の隙間のような、およそ軍隊とはかけ離れた日常だったのです。

　だから、銃剣はすぐ錆びて、配給の菓子を食べながら、少年はせっせと当番兵の銃剣を磨き砂でピカピカに研ぎました。二人の当番兵はお菓子を食べる方が忙しくて、剣先はまたすぐ錆びてしまいました。

　あるとき、学校の校長先生と、市長さんが来ました。そのとき、折悪しく父は酒を飲んで高鼾でした。母が父をいくら起しても、ビクともしません。母は恐縮して、お引取り願うのですが、市長も校長も、ずっと玄関に立ち通しで、父が目醒めるのを待っていました。

少年にとって、この満州のひと夏の想い出は、萌えたつような春の青葉と蝉の鳴かない何かもの足りない、それでいて、灼熱の陽光と木陰のさわやかな広大な天地。塩辛トンボが影うすく飛び、天道虫は大軍。水源地の泥鰌と大きな蟋蟀。

さっと色づいて天を覆う公孫樹はひとたび凩が吹けば一夜で落葉し、次ぎの一夜であざやかに消え去る見事な変化。

更に一日、雪の日はチラチラと白く隙間なく、前が見えなくなり、忽ち真っ白な大地が出現します。

雪景色に見とれた少年は、橇を作ろうと思いました。手頃な一本の木片を見つけ、物置小屋に鋸もありました。

木片を二本に切れば、橇の両側ができます。ところが、鋸は刃がすっかり鈍っていました。刃が立たないとはこういうことを言うのだと、少年はおかしくなりました。

するとボイラー焚きの兄《ション》が見ていて、にっこりしました。少年は、その笑顔につられるように、手まねで「ここを切ってほしい」と頼みました。

一週間ほどしたでしょうか、少年は、もう忘れていましたが、ボイラー焚きの兄《ション》が両手に高く一本づつの木を掲げて走り寄ってきました。彼は、いかに苦心したか、身ぶり手ぶりで、示し、何度も汗を拭う真似をしました。

「謝々《シエシエ》、辛苦辛苦《シンクシンク》」

少年の橇ができ上がる頃、雪道は凍てついて、橇は走るのではなく滑るのでした。こうしてコッコツと靴底は硬くひびき、道はすっかり凍ってしまいます。すると生徒が総出で校庭に広い土手の環を土盛りして作ります。そこに消防自動車が放水すると、見事なスケート場ができ上がるのでした。消防車の水が木々の枝にかかり、きれいに氷の飾りができ、氷柱がぶら下がります。在満の子供たちは毎年見慣れているのでしょうが、少年には、それは夢の世界から切り取ってきたガラス絵のように見えました。

このドラマのような季節の変化は灰色の空と立ち停ることのできない寒さとなって定着するのでした。

その年の暮、少年が漸く八の字型に砥石を当てるスケート靴の研ぎ方を覚えた頃、少年の父は、もっと北方の島に転勤になりました。

少年は後から渡満してきた母と弟と一緒に内地へ帰りました。

春まだ浅く下関から釜山へ父と渡ったときは七時間程であった海峡が、母と帰る金剛丸は、冬の海を何と二十一時間もかかりました。

敵の潜水艦が出没し、金剛丸は魚雷を避けるために対馬の周りを回航し、いざとなれば、島のどこかへ座礁するとかで、少年は救命胴衣を着けて、甲板からじっと運命を見極めるように暗い海に視線を落としていました。

満州では、乗り物と言えば、馬車《マーチヨ》と洋車《ヤンチヨ》で、幌をかけた人力車を馬《マー》が曳くのが馬車《チヨ》、自転車で曳くのを洋車《ヤンチヨ》と言いました。満州人の車夫《チユウフウ》は「ユェ、ユェ、ユェ、ユエ、チョオッ」と鞭を振るって闇夜の道を一所懸命、馬車《マーチョ》を走らせます。洋車《ヤンチョ》の車夫《チユウフウ》は、ゆっくり足を踏み込むようにして走り出します。しかし、乗ったときチップを渡さないと、なかなか行き先には着きません。

翌日、明るくなって、夕べ来た道を見やれば、すぐそこから来たのだということがわかってがっかりしました。

満州人の車夫《チユウフウ》は、夜道をいいことに、そこら辺りをぐるぐる廻って、沢山走るのです。そのぶん車賃を要求するのですが、大人《ダーレン》は、車賃を沢山払うのが当然のことなのでした。満州人社会では煙草なども一箱買う大人《ダーレン》よりバラ買いの方が安いのでした。

関釜連絡船が釜山を出てから、二十一時間もかけて下関へ入港したのは、馬車《マーチョ》や洋車《ヤンチョ》の廻り道のような呑気な話ではないのですが、少年には不思議に怖さは感じられなくて、ぐるぐる廻って一向に行先に着かなかった馬車や洋車を思い出したのでした。

朝鮮の列車の中の駅弁は、黄色に光った粟めしで、少年はとてもおいしいと思いましたが、内地の汽車弁は、芋蔓か、蕎を食べているようで、何事も我慢することが国民の努めになっていました。

母の里へ帰りつくと、内地の食糧は汽車弁どころかすっかりなくなっていました。米飯は雑炊などとはとても言えないものでした。満州で鳥の餌にした搗《つ》いた押麦など見ることもできず、少年の家では千切《せんぎ》りにした干し薯のどろどろの汁をすすって食べました。

満州からの荷物の中に、あの茶碗の蓋でご飯のお替りをした大山副官の計らいか、丸い餅やパイナップルの缶詰などが入っていましたが、それらはみるみる何かに吸いこまれるように、なくなってしまいました。

少年には、あの押麦の後について来た鶏の調整のとれない歩き方が、何だか幸せそうに思い出されました。

こうして少年は、内地でまた蝉の鳴く夏を迎えることになりました。

蝉は雄が鳴いているすぐ近くの、少し左上のところへ雌が瞬くように羽をたたんで、パッと止ります。すると鳴きながら雄蝉は少しづつ雌に寄り添うように近づき、真剣に震わせている胴体の先にある小麦の粒のような性器を繋ぎ合わせるのです。交尾している蝉を捕り逃すと、雌雄の蝉は繋がったまま羽をばたつかせて落ちてきます。本能の強さか、情の深さか、少年はそんなことは考えませんでしたが、面白いような、悲しくなるような二匹の蝉が地面を動きまわるのを少年は見つめていました。

また蝉は目を潰して放すと、目が見えないのでしょうか、蝉はどんどん青い空に吸い込まれるように高く高く飛び去ります。どこまで飛んで行ったのか、やがて力尽き、羽が動かなくなって、蝉はどこか遠くの河原にでも真逆さまに、いや風に揺らぎながら、遂ちて行ったことでしょう。躯《むくろ》になった蝉の羽は、鈍《にび》色に暗く輝いて、一週間の命なのにいかにも年老いた過ぎし日を思わせるのでした。

ほどなく、少年の父も内地へ帰って来ました。しかし、父は北の島へ行く途中に、ちょっと立ち寄っただけでした。

ある朝、父はいつもと変わらぬ面持で、家を出かけました。大股に、何事もないように歩み去り、一度も後を振り向きませんでした。少年は父の後姿と黙って別れました。少年と父とは、それっきりになりました。

「今度は生きて帰ることはないだろう」

父は、そう言い残して出かけたと、母から聞かされたのは、ずっと後のことでした。

父が第一線に去って半年後の昭和二十年六月十九日、T市は米軍の爆撃機B29の焼夷弾攻撃で街中丸焼けになりました。

少年の住んでいた父方の屋敷は二百坪ほどの庭の木立に囲まれていて、中に大きな楠が三本枝を拡げて焼夷弾から家を守ってくれました。

B29が低空で飛来すると「ザアッ、ザアッ」と、まるで大量の砂を撒くような音がしました。防空壕に母子は身をひそめ、その砂の音に体を固くしていると、続いてパチパチとたきぎの燃えるような音がしました。防空壕から這い出すと、道路の向側のお寺は、すでに一面、火の海でした。

着の身着のままとはこのことでしょう。母子は二、三キロ郊外に向かって坂道を登って逃げ、大きな池のほとりに出ました。

そのときでした。防空壕の中に父の写真を置いてきたことに気付いたのです。

少年は六年生です。

瞬時に、自分が取りに戻らなければならないと思い、もうそのときは、火の燃える方角に向かって走り出していました。

少年の家には今もそのときの父の写真が飾られています。

夜が白々と明ける頃、燃えつきた建物がドーン、ドーンと倒れる中を急いで家に戻りました。

庭木を焦がした六角形の焼夷弾が、十一本、家をとり囲んで庭に突き刺さっていました。

こうしていよいよ戦況が悪くなると、少年の家はT市から北へ三〇キロ程のS市に疎開しました。S市には母の持家がありました。しかし、そこは万年床という落語のような屋号の床屋さんが営業していて、店の裏に二間《ふたま》ばかりの離れがありました。

母と少年と弟たちとは、その離れに住むことになりました。離れと言えば立派に人の棲家に聞こえますが、もう倒れそうな軒の低い古家で、店が万年床なら、こちらはナメクジ長屋です。

父は子供心にも豪勇の武人であると思いましたが、母は、まるで武人の妻らしくない内気で律儀な人でした。明治生まれの父と母が、どのような愛情で結ばれていたのか、少年にはまるで関係のないことのようでしたが、母は争ったり逆らったりすることが嫌いでしたから、少年は母から叱責されたりしたことはおろか、大声で呼ばれたこともありませんでした。

そんな母でしたから、S市へ疎開するとき、副官の大山さんがT市で部隊長になっていて、引越しには部下と軍用車とで手伝ってくれました。

少年は子供心に、何だか気まずく思いましたが、その埋め合わせのようなつもりで、積み残した荷物をリヤカーで運んで行きました。三〇キロ以上の道のりは、少しづつ登り勾配がだらだらと続いていましたから、小学校六年の兄が引き、二年生の弟が後を押すリヤカーは、どんどん大人達に追い越されました。S市まで少年のリヤカーは途中何度も休みながら、たっぷり十二時間はかかり、とっぷり日が暮れました。

母はそのS市ではなお心細くなったのか、一山越した山の向こうのT村へ再び疎開しました。

今度は山道を歩いて背負子《しょいこ》に荷をかついで行きました。遠い親戚だという農家では、軍人の家族の疎開はきっと快く思わなかったでしょうが、農家を知らない少年には、珍しいものばかりで、農村で働き続けた人である証明のような、ささくれだった大きな手のオジサンや腰をかがめたオバサンは優しくしてくれました。だから、少年の胸に刺さるようなことは何もありませんでした。

しかし、学校は違いました。疎開っ子の転入学を認めなかったのです。第一線で戦う、しかも戦車聯隊長の子供の入学が拒否された理由を、母は少年には話しませんでした。

これまで父の転勤のたびに転校を重ねて七回も八回も違う学校へ行かされた少年が、学校へ行かなくてよいのですから、少年はむしろ心安らぐ思いでしたが、一方で日本の国はどうなるのかなアと、頭の隅のどこか遠いところで、物語の終りが近いのだという思いがしました。

毎日山道を一人で歩きまわりました。山道は七曲りとかいわれるように木々の繁みを縫うように細く曲って、山の夏の木陰の涼風が道に沿って流れています。その流れに乗って滑るようにオニヤンマが凛然と飛ぶ姿に見取れました。

もう蝉を捕る気も起きませんでしたが、そんなときはオニヤンマを掌を拡げて待ち受け、叩き落して見たりしました。オニヤンマは目を廻して、一瞬、道にばさばさっと落ちますが、すぐ態勢を立て直し、あざやかに反転して飛び去って行きます。けっして慌てる風ではなく、まるで自然の筋書きを演じているようでもありました。

T村の山間で、ラジオもありませんでしたが、誰言うとなく戦争が終わりました。少年と二人の弟と母とは、村人の冷たい視線を背に、T市へ戻りました。

少年の母の生家は、かなり手広く肥料商を営んでいました。間口十間の店構えで、奥には二十間もトロッコが走っていて、倉が五番並んでいました。倉の間に一軒どういうわけか空き家があり、少年は倉と空き家の前をトロッコに乗って遊びました。六月十九日の空襲のとき、この母の実家はきれいに焼け、五棟の土蔵も跡形なく、焼け落ちました。

少年が精根込めて作った百機を数える模型飛行機は、倉の間の空き家と共に焼失しました。誰の言い伝えか土蔵には火が入らないと信じられていましたから、母は、大切なもの、道具類やよそ行きの着物などをすっかり土蔵と共に焼失しました。ところが、居住していた父方の家が幸運にも罹災を免れたため、不運にも家財はすっかり失いながら罹災証明が貰えないという憂き目を見ました。

どうやら世の風の激変に少年と母とが身を翻えすト書きが用意されてはいなかったようでした。

戦争に敗けた軍人の家のしかも父の生死すら不明の一日一日が、それでも世間と同じ早さですぎて行きました。

少年は破帽で顔をかくして街を歩き、首《こうべ》を俯して牛のように言いなりになって暮すことを母から無言で教えられました。

年が明け、昭和二十一年の正月。雑煮のない、雑炊もない、食べものの記憶の全くない正月がすぎました。

少年は、それでも中学を受験したのでした。T市に二つあった中学校のエリート校であったT中学を受けるものが十八名いました。中学受験には、その当時も内申書がありました。内申書には、受験者の席次が書いてあります。つまり十八人が、一番から十八番まで成績の順番をつけて中学校へ提出されるのです。

少年はある日、担任の青木先生に呼び止められました。

「キミはね（いろんな事情があって）、内申書が十七番になっている。キミは実力で頑張ってくれよ」

青木先生は、教室で月の砂漠を歌ったことがあります。

月の砂漠をはるばると
旅の駱駝は行きました。
金の鞍には王子さま
銀の鞍には王女さま
……………………

二つ並んで行きました。

青木先生が十七番と言ったあと、言葉にしなかったことも、少年にはよくわかりました。

とにかく食べもののない毎日でした。学校は商業地にありました。青木先生は、魚屋の子、八百屋の子、米の子、味噌や醤油の子、その上、ヤミ成金の子の親には義理があったのです。戦争に敗けた軍隊の、それも生死不明の軍人の子は、先生の胃袋に食べものが入るたびに、席順が一番づつ下って、到頭受験者中ではビリから二番にまでなったというのでした。

少年の指定席は、一番とか、悪くても二番のはずでしたから、青木先生が、好意を込めて内申点を打ちあけてくれたのだと、少年は思わなければならなかったのです。準備体操もしないまま、少年はいきなり大人の水の中へ飛び込んだのでした。

それからは暗《やみ》の砂漠をはるばると一人で行くのだという思いが、胸の奥底に深く沈澱しました。

中学校は県立でしたが、月謝が三円七十銭と、校友会費が五十銭でした。

少年の家は、働くということを全く知らない母と、女学校三年生の姉と、国民学校六年生の少年と、下に弟が二人の五人家族でしたが、終戦と同時に収入は全くなくなってしまいました。

戦争に敗ける少し前に、父からの便りがありました。父の任地である北千島の占守島《しゅむしゅとう》には、料理屋はおろか酒屋もありません。それまでは俸給を全部、一銭残らず生死を共にする部下と飲んでしまった父も、さすがに酒代がかかりません。そんなわけで、

「軍に俸給の返上を申し出たが、受取ってくれない。仕方がないから送った。これが最後の便りになるだろう」

という、真剣なようでもあり、他人事でもあるような軍用ハガキがきました。そのとき母が受取った八ヶ月分の俸給は二千円くらいでしたが、戦争が終ると猛烈なインフレになって母の手許にあった期間は僅かのようでした。

T中学の入学試験の会場で、監督官が、わからないことは何でも聞くようにといったので、少年は「鶯」という字を何と読むのかと質問しました。

「これは国語の問題だから、読み方は教えるわけにはゆかない」

と、監督官が答えました。

「鶯」が読めなくても、鳥であることはわかりました。

T中学へ入学して間もなく、抜打ちに数学の試験が行われました。

十八人中十七番の内申点を貰い、鶯という字の読めなかった少年は、この数学の実力試験で七十二点でした。

ところが、全学年で七十点以上の者はただ一人だけでした。少年は心の中で自信を取り戻し、内申点も、鶯も、すっかり忘れてしまいました。

中学生になった少年は、新しい経験に一歩踏み出しました。

英語の先生は独身でした。T駅から学校の前を通って、渥美半島の方へ行くローカル線の電車がゴトンゴトンと戦争に敗けて思いに沈んでいるように走っていました。

英語の前田先生は、午前の授業の終る頃になるとあらぬ方向に目を注いで、耳を澄まし、

「電車、行ったか」

と、少年たち生徒にきまって確かめるのでした。

電車は学校に近い駅で折返し運転をするのです。

「行った！　行った！」

少年たちは心得て囃子たてます。

「ぢゃあ、これで」

と、先生は口の中で呟くやいなや、学校の土手の垣根の破れををくぐり抜けて駅へ急ぎました。

少年は英語は得意ではありませんでした。その上に宿題の単語調べを忘れたとき、先生は少年に当てたのです。

少年は立ち上りましたが、勿論答えることができません。

その時です。学校で唯一人の若い女性の小使いさんが入ってきました。すると、この少し気取った女史でもある小使さんが、少年の名を呼んで、

「おうちから、お弁当を届けてこられました」

「弁当を忘れるようぢゃあ、しょうがないか」

前田先生はそういうと、どっと声の上る教室を後に、いつものように垣根を乗りこえて行きました。

前田先生には、恋人がいたのですが、先生は間もなく病気で亡くなりました。あとに残された恋人のことが気になりましたが、垣根を乗りこえて行く先生の後姿から、きっときれいな人なんだと少年は思いました。

少年の家には、お米がありません。母が苦心の弁当は、幾日も続きませんでした。当時の中学校では、弁当のない者はこっそり他の生徒の弁当を食べました。体操の時間には教室が空になります。他人の弁当を食べる絶好のチャンスです。それで、誰か一人は教室に残ることになったのです。

それでも弁当を食べられる者は、農家の子で、弁当のない者よりは、考えが及ばないくらい幸せです。弁当を食べられたことでケンカが起きたことはありませんでした。

農家の子は友達の空腹のために、小麦やサツマ芋を持って来ました。

小麦は一升が四百匁で、学校の近くの近藤パン屋へ行ってコッペパン十六ヶと交換できました。近藤パン屋のこの換算率は、五十数年経った今でも一日たりとも忘れたことはありません。

学校の運動場に一杯サツマ芋を作りました。もちろん野球もサッカーもできませんでした。

T中学は名門とはいうものの学校は米軍の空襲で焼けて校舎はオンボロの元兵舎に移転していました。鉄枠の窓の硝子は破れ、自然の風通しは、夏冬の区別がありません。

防空壕の埋め残りに窓枠やハメ板を投げ込んで焚き火をしました。

二年生の秋になって、収穫を終えた芋畑をローラーで均《なら》し、もとの運動場にする頃、少年の家ではいよいよお金もなくなり、食べものもなくなり、売れるものは何でも売り尽すことをタケノコ生活といいましたが、卓袱台まで売りました。

それでも住む家が焼け残っていたので、家の中の素貧寒が、外からまる見えというわけではありません。しかし、突然少年の家には想像もしない大事件がおきました。

父の弟が朝鮮から引上げてきて、母に手紙を寄こしたのです。母の表情はいつも何かを諦めようとしているように見えましたが、叔父からの手紙を読んだ母は、ただ諦めて、何とかなることを願っているいつもの顔とも違いました。母の前に大きく立ちはだかるものができたのです。

そのとき、うなだれて座っていた母の背中から、少年はこれからの自分の運命を感じ、ふっと何かに立ち向かわなければいけないのだなという思いが胸の隅をよぎりました。

叔父は、少年たちが住んでいた父方の家、少年が十一本の焼夷弾をかたづけたその家から、一家の立退きを要求してきたのです。

「その家は、私の名義である。(朝鮮から)引上げてきて医院を開業するには家がいるから立退いて貰いたい」

と、いうのが、二枚続きのハガキで叔父が言ってきたことでした。

「お父さんの家はね、男の兄弟は皆軍人になって、各地に暮しているのでね、お父さんの兄弟のうちT市にいるものがこの家に住んで、先祖のお世話をすることになっていたのですよ」

母は少年に、ポツリポツリと仕方なさそうに訳を話してくれました。

「もともとお父さんの一番上の兄のものなんだけれど、その兄さんには子供がなくて、一番下の弟の叔父の名義にしてあったということらしいの、でも、それは、ただ、名義だけのことなんだけどねぇ。お父さんが還ってこないときに、急にこんなことを言ってくるなんて」

母はひとりで話しつづけました。

母には全く何の方策もないのは当然のことでした。

少年は龍拈寺《りゅうねんじ》の門前の大宗《だいそう》さんで花をもらって何度も墓参りをしたことがありま

す。

父の両親は兄弟姉妹十一人の子沢山で、その上に拾ってきた子が一人いたそうです。祖母は必要から大変な倹約家でしたが吝嗇ではなく、人情家でした。乞食が道で出会うと挨拶をしたそうです。そんな母親に育てられた父は、金や物に対する欲がまるでなく、家には戸締りもしませんでした。夏の夜は空け放しで寝ましたから、よく泥棒がこっそり遊びに来ました。

父が、千葉県の習志野で騎兵学校の教官をしていた当時のことでした。

少年の家は船橋の宮本町というところで庭の広い借家に住んでいました。毎朝鼻筋の白く通った奔《あば》れ馬を引いて馬丁さんが父を迎えにきました。

なかなか馬丁さんの言うことを聞かぬ気性の激しい馬でしたが、不思議に少年を乗せたときは静かに歩をそろえました。

父は庭で幾鉢もの菊を作りました。酒以外に父の趣味らしいものを見たのは、この船橋の三年あまりのときだけでした。

泥棒は、夏の夜にこっそり入ってきたつもりでしたが、蚊帳の外に出ている父の足をうっかり踏んで捕まったことがあります。

父は騎兵ですから、六尺豊かでスマートな上に頑健そのものの人でした。

「まさか蚊帳の外に足がでているとは」

と、泥棒氏はこぼしていたそうです。

父はときどき泥棒を捕まえてはよく言い聞かせて小遣いをやりました。泥棒の方でも見つからなかった時は物足りないのか、帽子掛けの帽子を下駄箱の上に置いて行ったりしました。

少年は泥棒とか乞食とかが、何となく親しい関係に思えました。

父の兄弟は、そんな訳で、学資のいらない陸軍幼年学校を受験して皆軍人になったのです。ただ一人だけ幼年学校の試験に落ちた一番下の弟が、朝鮮で医者の学校へ行って軍医になりました。

その軍人になり損なった叔父が今、戦争に敗けたらのこのこと現れて、戦争でお国のために戦死した兄貴の一家を、この住宅難の焼け野原へ追い立てようというのです。

「お国のために！　お国のために戦死した！　兵隊さんのお陰です！」

と、遂この間まで、学校でも子供たちに歌わせていたのに、この叔父は、いったいどういう人間なのか、とてもただの悪人では済まされない、この人の生きて存ることは、絶対許せないと少年は心の中で確《かた》く思いました。

しかし、現実は、母があちこち知人を訪ね歩いて、倉庫の屋根裏のようなところを、転々とした上で、母子寮の一室に入れてもらいました。

父戦死の正式の公報がきたのは、その頃でした。母子寮はお寺の経営でしたから、簡単な葬儀が行われました。ところが、その葬式に、こともあろうにその叔父が来たのです。しかも、ただ来ただけではありません。少年たち姉弟に、

「お母さんを助けて、よく勉強するように」

とか何とか、説教をしました。

叔父の声は、虚勢を張って少し震えているようでした。叔父の顔は見ないようにしていましたが、少年は心の中で、この恥知らずの叔父を殺してやりたいと思いました。しかし、少年の体は怒りのためか金縛りになって手も足も動きませんでした。

少年は船橋にいた小学校二年生のときのことを思い出しました。この、父が騎兵学校の当時が、父と一緒に暮らした一番長いときでした。父は怒ると怖い人と言われていて、本当に怖い人でしたが、少年がケンカに負けて帰る以外、父に叱られることはありませんでした。

ある日少年は、五年生の男の子に追い廻され、遂に露路の行き留りに追いつめられました。二年生の少年にはとても勝てる相手ではありません。

そのとき少年は、相手に隙を見せるようにその場にしゃがみ、咄嗟に石を拾うと、矢庭に五年生の顔に力一杯ぶつけました。どこに当ったのか、相手はワーッとか大声を上げて一目散に逃げて行ってしまいました。

少年は、叔父の顔に向かって力一杯打つける石を手に握る想像をしました。少年は、はっきり叔父に狙いをつけました。

少年は、それから来る日も来る日も叔父を狙い続けました。少年は心の奥底で、やがて幾星霜を経ようとも、たとえ痴呆になっても、その叔父が死んで、この世にいなくなっても狙い続けることを密かに誓いました。

少年がT中学の二年生になったとき、遂に母はS市のあのボロ家を床屋の「万年床」に買ってもらい、それから売れるものを残らず売り尽くして、一軒のバラック小屋を建てました。

昭和二十一年にT中学に入学したとき四円だった学費は、三年生になったときは四百円になっていました。

当時少年が買った武田麟太郎全集の第一回配本は昭和二十一年の十月が二十円。二十三年八月の第七回配本は百二十円。昭和二十四年四月、少年が学校を退める決心をしたとき、第九回配本は二百円です。

どうして武田麟太郎全集を買ったのか、少年にもよくわからないのですが、その全集の中の「反逆の呂律」という題名を少年は今日でも忘れずに覚えています。

少年はいつ頃からか学校へ弁当を持って行かなくなりました。

月謝こそ母が何とか工面してくれましたが、絵の具や画用紙は買えませんから、図画は一枚も描きませんでした。図画の生田先生は学校を卒えたばかりの若い先生で、「青春パラダイス」を歌いました。生田先生は、絵を描かない少年に何も言いませんでした。

体操の時間は運動靴がありませんからハダシです。鉄棒で飛行飛びでもやっていれば靴は要りませんでした。

学校へはT駅から、バスと電車が通っていました。他に市内電車が途中までありました。バスのキップは、材木屋の伊藤君が何枚か買って毎朝バス乗場で待っています。材木屋は焼けぶとりで小遣いが沢山あったのです。電車は、ときどき定期券を買いました。せっかく買ったのですから、期限の日付を丹念に修正して、何ヶ月も延ばして使いました。

市電は定期券が回数券式で、一日分二枚宛の綴りになっていました。こっちは今の消費税のように、広く薄くというわけで、不良少年の勇である蔭山君が、一人一枚づつを強制的に集めてきてくれました。

日向ぼっこをしている同級生から十円づつ集めてくるのも蔭山君の仕事でした。彼は決して威したりはしません。ただ蔭山君は風丰魁偉で口数も少なく、獅子や虎が食扶持しか狩をしないように、必要な分、つまり少年にくれるだけを集めるのでした。彼は少し恥かしげに、それでも内証でというのでもなく、まるで不要のものでもくれるような素振りで手渡してくれました。これはまぎれもなく、名優が演ずる不良少年そのものでした。

母が五萬円で契約したバラック小屋は、三ヶ月かけて建築しているうちにインフレで十五萬円になりました。

三年生になると学制が変って、県立の中学校は、市立の第二中学や女学校と統合して新制の高等学校となり、卒業年数が延びることになりました。旧制のときの中学は、四年生、五年生で卒業でしたが、新制高等学校は、新制中学三年に新制高等学校三年の合わせて六年制になりました。

バラック小屋ができて、とにかく雨露を凌ぐという言葉は肌で実感されるものだということがわかりましたが、その代り少年の学資はおろか、一家の生計がまるで成り立たなくなってしまいました。

少年の二人の弟には、何とか高等学校だけは行かせなければと、少年は思いました。

少年はひとり学校を退める決心をしました。

もう蔭山君は市電のキップを集める必要がなくなります。十円玉を集めなくてよくなります。その代わり少年は蔭山君に数学の試験の予想問題を教えることができません。

「これ一つ覚えて三十点とれる。零点よりはずっといいじゃないか」と言うと彼は頷くともなく少年の説明をくり返し聞いていました。

蔭山君は他人から見れば不良少年ですが、少年と蔭山君の間には不思議な連帯感があったのです。

母は寂しそうに肩を落しました。それでも、何かほっとしたようでもありました。母と相談したわけでもありませんでした。言葉を交わすことも躊躇《ためら》われました。

少年は自転車に乗ってダーダー橋へ行きました。

ダーダー橋の赤い夕日が、薄雲に霞んで見えましたが、少年は自転車の上に立ち上がりました。

やがて夕日は二度沈み、夕闇が迫ってきました。

鈴鹿峠

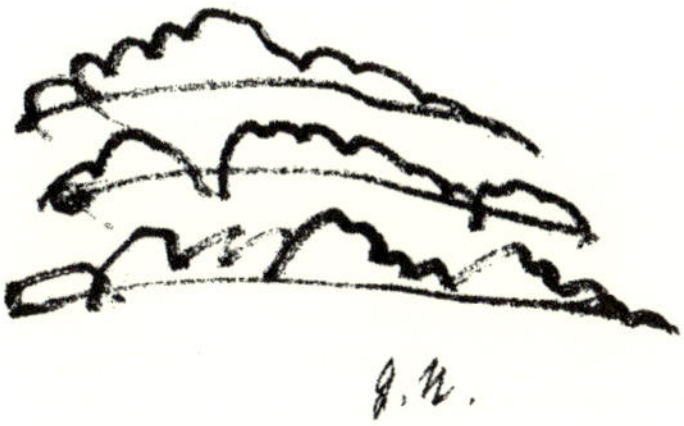

三重県の関町は、静かな佇まいの町並みに江戸時代の東海道の俤を残し、道行くものの心にいつしか平安の昔をも忍び込ませる。

関町はもと伊勢鈴鹿の関で、東の箱根、西の鈴鹿といわれた天下の険。鈴鹿峠を東に越えて旅を休めた宿場町である。

今も保存されている町並みは、東海道五十三次の四十七番目の宿場として、参勤交代や伊勢参りの賑わいやを見てきた。さらに、峠の山道の木々は古く平安時代、斎宮の伊勢道中も見たであろう。

鈴鹿峠は、三重県と滋賀県の県境を南北に連なる鈴鹿山脈の南端にあり、標高は三七八米。峠の手前に四十八番目の坂下《さかのした》の宿があり、ここにも四軒の本陣と百軒もの旅籠があったという。

鈴鹿峠は坂下の宿から向かって麓の片山神社辺りまで、国道一号線が旧東海道と並行して走っていて、今日峠は車で難なく越すことができる。

しかし、木々の密生した旧東海道の鈴鹿峠も今ではところどころ遊歩道になっていて天下の険とは言い難い。それでも昔、山賊が旅人の姿が映るのを待ち伏せしたという鏡岩がある。

鈴鹿峠を登りながら、随所にきれいな弧を描いて山を分けるように曲りくねって走る白い道路を見下ろすと、山の谺と二本足だけの時代が、さっと見えなくなる車のように過ぎ去る。この存在と時間を、今どのように感知することができるのだろうか。

鈴鹿峠を滋賀県に抜けると四十九番目の土山《つちやま》の宿がある。さらに北東へ山女原《あけび》を抜けて、かもしか高原に出ると遠望よく伊勢湾が視界に入る。

ところで、フィリッピンのルソン島にも、鈴鹿峠がある。

ルソン島は大東亜戦争の緒戦に、日本軍が逸早く占領したのだが、バターン半島を追われ、コレヒドールの要塞を脱出した米軍のマッカーサー将軍は「アイ・シャル・リターン」という言辞を残してミンダナオ島へ去った。しかし、米軍はその言葉の通り、反攻に転じた。

レイテ島の日本軍守備隊が手薄であることを知った米軍は、先ずレイテ島に上陸してきた。米軍の進攻を予期していなかったレイテ島の日本軍は忽ち混乱と苦戦に陥り、レイテは悲劇の島と化す。続いてルソン島の日本軍も壊滅的敗北に追い込まれることになるのだが、そのルソン島に鈴鹿峠がある。

そこはフィリッピンの首都マニラから北へ、南サンフェルナンド、カバナツアンを経て、旧スペイン街道と呼ばれる谷間の裏道がルソン島のほぼ中央の山岳地帯へ、ボンガボン、リザール、パンタパンガン、カラングランと抜けて山麓から二〇キロ程の急峻な難所である。

ルソン島鈴鹿峠の名付親は、わからない。第十師団、鉄兵団麾下の徳永挺身団を指揮する徳永大佐の命名かといわれるが、徳永司令官が三重県の鈴鹿近在の出身であるのかどうかもわからない。

昭和十九年八月。第二十六師団の歩兵聯隊と野砲兵聯隊は、支那大陸から南方戦線へ送り込まれた。

朝鮮の釜山で船隊編成し、下関へ入港。全船団が伊万里湾に集結したときは、空母以下十三隻の護衛艦に輸送船十五隻という堂々の輸送船団になっていた。

しかし、この輸送船団は昭和十九年八月十八日未明、ルソン島を目前にして米軍潜水艦の急襲によりバシー海峡に没してしまう。

八月二十日、八月二十二日と辛うじてマニラ港へたどり着いたもの四隻。

このうちの二隻、摩耶山丸と能登丸に野砲兵聯隊が分乗していたのは幸運なのか奇運なのか、とにかく馬場聯隊長以下、長谷川中隊長も杉山小隊長も、マニラ港へ上陸した。火砲弾薬・馬匹糧秣も揚陸することができた。

こうして野砲兵第十一聯隊は、ルソン島の守備についたのだが、米軍が思いがけずレイテ島に上陸してきたので、十月二十三日、レイテ島への転進命令が下った。

十月三十一日未明、急遽先遣隊をレイテに送り込んだ。だが、このレイテ島オルモックへの上陸は、後から考えれば、すでに奇跡的としか言いようがなかった。続く、第二次の主力第一梯団は、上陸直前に米軍航空機の猛爆撃を受けて、輸送船三隻のうち二隻は兵員のみ揚陸したもののその直後に爆沈。残る一隻は兵員揚陸後、銃砲の再揚陸を期してオルモック湾から逃避し、マニラに帰投したが、湾内で再び爆撃を受けて沈没した。これが金華丸である。

この作戦で、野砲兵第十一聯隊は、兵員のレイテ上陸に成功したことにはなる。だが、野砲はもちろん武器弾薬はすべて海中に没し、馬場聯隊長以下ずぶぬれで丸腰の軍隊が、陸へ這い上がったというのが事実である。

長谷川中隊長は、このとき金華丸にあって、火砲弾薬の再度の揚陸準備を命じられて船に残った。だが金華丸は、マニラ港を目前にして敢無く沈没。野砲兵聯隊は武器弾薬のすべてを失うことになる。彼は真黒い油の海を泳いで躯だけがマニラに帰り着いた。

第三次の第二梯団は、せれべす丸、西豊丸、天照丸、泰山丸、三笠丸の低速五隻でレイテ島オルモックを目指したが、せれべす丸は途中坐礁し、他の四隻はすべて米軍の爆撃で沈没し、レイテ島に上陸したものはない。

米軍の爆撃で撃沈され、海没した野砲聯隊の将兵と坐礁したせれべす丸の乗員の何人かは、運か偶然か米軍の機銃掃射を何度もくぐりぬけて、六〇〇〇米も先の島影を目指して夜の海を泳ぎ、浮き沈みしつつ漂流中を小艇に救けられた。杉山少尉もこうしてルソン島西南端のパタンガス港へ上陸し、漸くマニラに辿り着いた。

野砲聯隊の将兵は、長谷川中尉を中心にマニラの台湾日々新聞社に約二百人程が集まった。長谷川中尉は再びレイテへ趨くべく第十四方面軍へ上申した。

しかし、もうレイテへ援軍を送る船艇はなかった。

「レイテへの輸送は、断念せよ。残留兵員をもってルソン島の防衛に当ること」

長谷川中尉はこの命令によって、臨時野砲中隊、長谷川中隊を編成した。長谷川中隊長は同じ泉兵団の独立歩兵第十一聯隊本部と二箇大隊が駐留するルソン島の東海岸のギンガボン地区を最後の決戦場にしようと思った。

米軍は、当然東海岸ディンガラン湾かあるいはバレル湾に上陸すると予想されたからであった。

十二月二十日。長谷川中隊は、方面軍からの転属許可を得て、独立歩兵第十一聯隊麾下となり、直ちにボンガボンからギンガボン地区を目指して行軍を開始した。

すでにルソン島の制空権は完全に敵に奪われていた。昼間の行動はあぶない。僅かな空襲の合い間の外は、殆んど夜間行軍である。密林の道なき道を切り拓きながら、長谷川中隊は、改造三八式野砲を四輪起動車で牽引した。中隊長が運転を指導した。自動車の運転ができる者は中隊長だけだった。

ところが、この三八式改造野砲は輓馬砲兵用であったため、つまりゴム輪の車輪ではないので、振動がひどく、自動車で牽くのは無理だった。野砲隊は、機械化砲兵といわれながら、この程度であった。皮肉なことに、起動自動車はアメリカ製だった。中隊長は行軍の速度を緩めて、それでも夜の行軍を続けた。

こうして、長谷川中隊は、独歩十一聯隊の津田支隊の指揮下に入り、当初ボンガボンに野砲陣地を構築した。中部ルソンの東海岸のディンガラン湾、バレル湾へのアメリカ軍の上陸に備えたのであった。

昭和二十年一月九日。米軍はルソン島東海岸には目もくれず、素早く西部のリンガエン湾に上陸してきた。

歩兵聯隊津田支隊は、野砲兵連隊との再会を悦ぶ暇もなく、中部ルソンのバレテ峠へ陣地占領に移動。同じく長谷川野砲中隊も、来た道をボンガボンまで引き返して、そこから北へバレテ峠左翼の鈴鹿峠へ向かった。

鈴鹿峠は密林に蔽われて、昼も暗い急坂が続く。山麓から峠まで一軒の民家なく、山小屋もなく、畑もなく、従って食料もなかった。荒れ放題の道なき道は、道路か川か区別がなかった。

陣地構築には先ず地形の実地踏査が必要であった。

進入路の探索、指揮小隊、分隊、段列等をどう配置するか。その上で、防禦陣地としての条件があった。

敵から容易に見つからぬよう遮蔽されていること。砲座の射界が広く、どの方向にも射撃ができること。自然の地形を変更せず借景利用すること。

陣地配置が決まると、進入路の建設は一刻を争う。

松浦山の頂上に指揮班。五〇米下った斜面を第一分隊。更に少し下った左斜面を第二分隊。第三分隊は第二分隊からさらに稜線を約八〇米下った丘陵の突出部に陣地の配置が決った。

指揮班から第三分隊まで、標高は四〇〇米乃至五〇〇米の内で、常葉樹林に蔽われており、各分隊は、五〇米から八〇米の間隔があった。

射界も極めてよかった。

陣地への進入路は、野営地からスペイン街道を約一五〇〇米進んで本道から岐れ、小さな谷間を約五〇〇米進むと松浦山の南斜面に達する。そこから斜面を登ると稜線に出る。稜線の樹間を縫うように縦走すると陣地予定地がある。スペイン街道を外れると全く道路がないので、陣地構築は、堅い地面を選びながら立木、岩石、雑木等を除去する道路工事から始めた。

大切な火砲三門の搬入は、中隊全員で一門づつ運んだ。先ず馬と水牛を使って搬送できる斜面ぎりぎりまで運び、そこから稜線までの登り坂は滑車を使って膂力《りよりよく》で引き上げるしかない。

空腹の兵が力を振り絞って二〇糎上げては一〇糎下がる、そんな繰り返しである。松浦山は鈴鹿峠から馬蹄形に西に青山、南に先陣山、東は誠心山に取り囲まれ、自然の要衝である。各分隊は、砲座、横穴、居住用の蛸壺掘りと、それぞれの任務を行ったが、第三分隊は連絡用横穴トンネルに手間どった。リンガエンに上陸した米軍は、第三分隊がまだ砲座の構築ができないうちにすでにバレテ峠へと進攻してきた。

昭和二十年三月一日。バレテ峠の攻防が始まった。昼夜の別なく耳を劈《つんざ》く敵機の金属音、低空で砂を撒くような遮蔽音、次ぎつぎに起る爆撃音。砲声は絶え間なく轟き、鈴鹿の陣地は鳴震した。

三月十六日。敵機の空襲による爆撃弾は、我が鈴鹿峠の陣地にも激しく炸裂し、正面の敵はスペイン街道を攻め登り、先陣山の歩兵大隊は退却を余儀なくされた。

米軍は、この勢いをかって、先陣山を越えた峡谷の僅かな平坦地に兵器や食糧を集積して次の攻撃で一気に鈴鹿陣地を攻略する構えである。

三月二十七日。戦機は熟した。津田支隊長の命令が下る。

津田支隊は先陣山を奪い返すつもりである。長谷川中隊はこれに呼応し、遂に砲撃の火蓋を切った。

三門の野砲のうち、第一分隊と第二分隊の二門は射撃態勢にあった。

午後九時。歩兵、迫撃砲、野砲は先陣山を占拠した米軍に対し、一斉に攻撃を開始した。

レイテに向かう途中、血塗になって船と沈み、海流にのまれ死にもの狂いで游ぎ、浮遊物に掴って、杳かに島影を思い泛べたこと。海中に没した戦友。パタンガスからマニラへの行軍。飢えと下痢。マラリアの高熱。ゲリラ。落伍するものを置き去り、動かない二本の足が頼りのスペイン街道から鈴鹿峠へ。火砲の搬入に精根尽き、米機の銃爆撃で仆れる者。二百余の長谷川臨時野砲中隊は、すでに五十名を喪っていた。

二門の野砲が火を噴いた。虚をつかれた米軍は集積した物資を放置してカラングランへ坂道をころがるように逃走した。

先陣山は友軍の手に戻った。

松浦山の野砲陣地を知った米軍は、空襲による爆撃に攻撃手段を切替えてきた。米軍の空爆は、偵察機で陣地を確認すると、山ごと吹き飛ばし焼き払う勢いで、爆弾を投下する。

しかし、長谷川野砲中隊は、不思議に直撃弾がなく被害は少なかった。

四月三日。米軍はバレテ陣地に猛攻撃を敢行した。我が徳永支隊鉄兵団、津田支隊泉兵団は戦車に蹂躙され、火炎放射器に焼かれ、弾丸の雨に撃たれた。兵は次ぎつぎに斃れた。

こうして米軍主力は再びスペイン街道を攻め登ってきた。熾烈な砲火の前に歩兵第一大隊は再び退却を余儀なくされた。四月七日、四月十二日と再度に亘り先陣山の奪還を試みるが、多くの犠牲者を出しただけだった。

先陣山は奪回できなかった。

長谷川中隊は、この間敵機空襲の合間に、砲撃を続け、不思議に敵機に発見されなかったが、米軍に山麓の部落を制圧されて食糧の調達が全くできない。イゴロット族の畑が近くにあるが、この獰猛な種族は、影も姿も見せずに突然毒矢を射ってくる恐ろしい相手だった。

四月二十三日。食糧が乏しくなるばかりか、我が陣地の弱点である正面冑山の頂上に、敵の加濃砲《カノン》が十一門ずらっと砲門を揃えて据えられた。

敵の砲弾は我が陣地を捕え、第一分隊第二分隊の砲座周辺に何百という数え切れない弾丸が撃ち込まれた。蔽い繁る榕樹は裂けて倒れ、山土は掘り起され、鬱蒼たる陣地は丸裸の禿山となった。砲座も横穴も敵の目に晒され、その上に敵の砲弾は地中内で爆発する。

短延期信管付の砲弾が、それでも不思議に横穴に命中したものはなかった。しかし、次に黄燐弾が撃ち込まれた。陣地周辺の枯木、枯草に火は類焼し風に煽られて全山は火焔につつまれた。

二名の兵が血に染まった。長谷川中隊長の当番兵川瀬上等兵が頭を撃ち抜かれた。中隊長は手厚く埋葬し合掌した。だが不思議に米軍歩兵は攻撃してこなかった。

五月になった。津田支隊から兵員の派遣要請があって、すでに山崎曹長以下五〇名が去り、荒涼たる陣地に淋しい風が吹き抜けた。

激闘は続き、連絡絶え、蛸壺の中で雨に打たれ、食糧はなかった。

歩兵聯隊は悲愴にも敵陣に突入を繰り返し多くの兵は死んでいった。

こうしてバレテ峠、鈴鹿峠の陣地を去る日がきた。

六月二十日。徳永支隊（鉄兵団）、津田支隊（泉兵団）の退却を見届ける。山崎曹長以下の五十名はどうしているのだろう。長谷川中隊は再び見ることのない鈴鹿の松浦山に、守り通した三門の野砲を埋めた。

六月二十二日未明。中隊は鈴鹿峠を後にした。点呼すると中隊長以下七十名。騎兵銃二十挺、手榴弾各自一箇、米一人一合半。携帯食糧一日分。塩少し、マッチ。痩せ衰えた馬を射殺する。毛布は持てなかった。

それでも出発当初は、皆元気で、裏山に登るくらいの気持で、先行の徳永支隊、津田支隊の後を追った。しかし、中隊長の持つ米軍の作成した一枚の航空写真と、歩兵部隊の足跡が頼りの行軍で、二日三日と歩き続けたが日ばかりが進み、目指す部落は見当たらない。

山は険しく峡谷は深く、たちまち食糧は尽きた。草の芽を喰べ、木の根を噛み、川の岩に付着している五ミリくらいのツボタニシも掻き集めて喰べた。

中隊は次第に遅れるものが出て、ばらばらになっていった。

「こんなものばっかじゃあ駄目だ。肉を喰わなきゃあいかんぞ」

軍医の少尉は誰に言うともなく呟く。

「他の部隊の兵に襲われるなよ」

誰かが投げやりに言う。

「中隊長、こんなに腹が減っても人間はだめですか」

「……そりゃあ、そればっかりは、なあ」

「中隊長、それじゃあ、現地人でもだめですか」

「……オレには返事できん。——自分たちで、ちゃんと判断してくれ」

長谷川中隊長は、常に冷静で適確な判断を下し、部下の信頼が厚かったが、このときばかりは、胸が痛かった。

実際ゲリラに襲われたのか首なしの死体や胴体だけの死体を随分見た。

しかし、ゲリラは体力充分だから、こちらからゲリラを襲うことなどできはしなかった。

食い物が無いということは、人間が鬼になることだ。

皆知っている。それからは、黙って歩いた。

長谷川中隊は山岳地帯へ入って一ヶ月が過ぎた。いったいどの山を越え、どこへ露営したものか。人跡未踏の山中を、けもの道を歩き、川底を進み、軍隊とは名ばかりの集団が、散りじりになりながらさ迷い歩いた。

二〇〇〇米級の山の聳える麓に来た。地図では、この山を越えれば平地に出るようだった。

先ず全員を襲ったのは栄養失調症であった。「肉を喰わなきゃあ」と言った軍医は真先に蹲って、動かなくなった。飢えを凌ぐだけが精一杯の中で下痢が続く。

マニラ港に積んであった土嚢代りの粗目糖《ざらめ》の山が思い出された。ルソンの日没は黄昏《たそが》れる暇もなく、露営地は見る間に暗闇に沈んでしまう。マラリアの高熱にやられ、夜毎、何人かが闇に吸い込まれるように倒れたまま、鮮やかな朝の太陽に照りつけられても、もう動かなかった。

中隊は躯を葬ることさえできなかった。死ぬ者は、黙って死んでいった。長谷川中隊は三十人くらいになった。

二〇〇〇米の山登りは、原始の世界だった。草を噛み、沢を下る。一日午前中三、四時間の行軍しかできなかった。午後は食糧を探さなければならない。小さな小屋でも部落跡があれば、水は必ずある。川に水があれば、手榴弾で魚を浮かせることができた。川ワニが捕れたこともあった。

山の頂上は、岩ばかりで苔がついていた。低木が、這い松のように見事に生えていた。

雲が流れ、見霽かす緑の山々を眼下にして、一瞬、生死の間をさ迷ったことを忘れて見とれる美しさである。

寒い。いかに南国でも標高二〇〇〇米は、着たままの垢と汗の夏服では身震いする。

外岡兵長は、歩兵聯隊だったが、レイテ島、オルモックへ向かう途中で乗船せれべす丸が撃沈され、海中を漂っているところを救けられてマニラへ戻り、野砲の長谷川中隊の指揮に入っていた。

思えば、オルモック湾以来海も陸も行動を共にした六人のうち、所、伊与住、加藤の三人をいつしか置き去りにしてきたのだった。

倒れるように横たわった躯のゆるんだベルトの金具が、朝日にキラリと輝いても、彼らは首を垂れたままだった。

「きっと迎えにくるからな」

と声にならない声を胸の中で発し、彼らの故郷すら知らず無言で別れた。

頂上で二日目の朝、北方の樹間に白煙の立ち昇るのが望見された。

中隊長は、日本軍の炊飯の煙だと判断した。第一小隊長杉山少尉は、直ちに連絡のため、加藤上等兵を連れて出発した。

杉山少尉は、白煙の方向へ沢を下り、小さな川に添って進むこと三〇キロ。津田部隊の野営地に到達した。

津田支隊長は、満面の笑みで杉山少尉を迎えた。

「長谷川中隊は直ちに、ピナパガンに集結すること」

と命令を受け、杉山少尉は直ちに引き返した。

しかし、行けども行けども当てのない山道に迷い込むばかりだった。気持は焦るが忽ち日は落ち、密林の闇の中でなすすべなく一夜を過ごした。うす明かりと共に起き上がり、もとの地点まで戻って、漸く中隊へ帰ることができた。

長谷川中隊長は、報告を聞くと、すぐピナパガンへ向けて出発した。だが、この津田支隊追求の退却行は、山下りを侮ったわけではなかったのだが、予想もしない出来事にぶつかることになった。

タンゲー、ビルーク、アガクと、部落は名ばかりの廃墟で、一《ひと》かけらの食糧も見当らない。その上この辺りにはイゴロット族が出没するので、昼夜を別たず飢餓と不安に襲われ続けた。

八月十一日。トーン部落まで辿り着いたものの、ここにも全く生活の残滓すらなかった。ただ川の合流点で水があった。雑草もよく生茂り竹藪の中に夜営することができた。

竹藪の中は、平坦な砂地で、よく乾いていて、久しぶりによい塒《ねぐら》が確保できた。

中隊は一同装具を下ろし、食糧探しに出かけることにした。

そのときである。宇佐美上等兵が、「隠元豆があるぞ」と叫んだ。皆がその方へ駆け寄ると、砂地の上に、日本の隠元豆とそっくりの、色も大きさも、思わず瞼をこすって見直す程の、それはまさしく隠元豆であった。

こんな上等のものは、鈴鹿陣地退却以来はじめてである。皆、みるみる顔を綻ばせ元気になって拾い集めた。

隠元豆は、なぜか沢山あった。煮たり、火で炙ったりして分け合い、いつになく和やかに笑い声も上がり、忘れていた満腹感に酔い痴れた。

太陽は沈んだ。

竹藪の中に夢のような夜が訪れようとしたときだった。食事から一時間も過ぎただろうか。突如渡辺上等兵が、猛烈な腹痛を訴える。みるみる顔は青褪め油汗をべっとり浮べ、嘔吐、下痢、口から泡をふき、七転八倒の苦しみに手の施しようもない。次ぎつぎに同じような症状が発生し、手当に走り廻っていた衛生兵河野曹長と藤田上等兵まで倒れた。中隊は全く予期せぬ犠牲者を出した。

長谷川中隊長以下、隊員は二十名足らずになってしまった。杉山少尉はあの連絡のための強行軍以来、疲労からか下痢が続いていて、胃を圧えながらの行軍だったので、隠元豆を少ししか食べることができなかった。

これが幸いした。この毒豆事件は、どうやら沢山食べた健常者が多く犠牲になった。中隊の志気はいよいよ衰えたが、このまま、座すわけにはいかず、一刻も早く進むのが任務であった。

幸い川がある。長谷川中隊長は、川下りで進む者、陸路山歩きで下る者、何れかを諮《はか》った。

川を下る組は中隊長以下十二名。山道を下る者八名の二組に分れる。各々目的地に先着した組が必ず待つことを約束した。

山道を下る組は、翌八月十二日、元気を振り絞るようにして出発して行った。

川を下る組は、筏作りにとりかかった。川の周辺は竹藪である。できるだけ太い、直径一〇糎くらいの竹を藤蔓で組合せた。筏は幅一米、長さ三米くらいにして試乗したが、浮力が足りない。

そこで、筏を二段組みにした。上段八本、下段十本。上段と下段を堅く繋った。三日がかりで、四艘の筏ができた、三人づつ乗ることになった。

この野営地が、川の幸と山草に恵まれ、イゴロット族の襲撃もなかったのが何より幸運だった。

川は急流ではなく、中隊長の地図には、滝などの危険箇所もなかったので、いよいよ川を下ることになった。

八月十四日。中隊長の筏を先頭に筏に運命を託した。体の弱っている者を真中に乗せ、比較的丈夫な者が前後に乗った。

塩とマッチはゴム袋に入れた。だが、筏を流れに漕ぎ出して見ると、三人乗りは無理であった。座っていると臍まで水につかってしまう。しかし、補強するにもこれ以上は日延べはできない。このまま筏航で津田支隊の追求を急いだ。

出発当初は川の水量も多くなく、きれいに川底の岩礁も見えた。棹さばきもぎこちないながら、筏下りは順調に思われた。しかし、二日、三日と下るうちに川の姿は屈曲し、水深も見極められず、岩に乗り上げて転覆するもの、川原で休んでいると突然の鉄砲水のような団塊に攫《さら》われるもの、四艘の筏は、いつしか離ればなれになった。

トーンを出て、三日が過ぎた。川幅は狭くなり、両岸は断崖絶壁の岩がそそり立つ。水は青黒く満々と底知れず、見上げる蒼空には一片の雲もない。

この異郷の見事な絵の中で、筏は遅々として進まない。日が落ちると忽ち真暗な中で、筏の上で水びたしの自分の手足の外は何も見えない。蝙蝠がときおり異様な声を立てる。衰弱と飢餓のはての恐ろしい狂いそうな夜が白らむ。

四日目の朝がきた。

川幅が広くなる。筏は流れに乗って進み出した。やがて川底が見えるようになり、河原に着いた。

運は開けたのだ。筏を捨てて雑木をくぐり抜け、草を踏み分けて進むと、ピナパガンの部落に着いた。

津田支隊に到着を報告。

八月二十五日。長谷川中隊十六名。しかし、野砲中隊は、鈴鹿峠を最後尾で退却したため、途中の食糧補給ができず、飢えに飢えていた。ここでやっと口にすることのできた水牛の肉を、一度に食いすぎて、三名の犠牲者を出す。人間の、本能を超えたもっと大きな遠いところに何かがあるのか。悲しいといって、泪は出なかった。

長谷川野砲中隊は、十三名になった。

戦争は終った。九月二十四日、武装解除の上虜囚となる。はるばる難行を続けてきた道を米軍のトラックで、エチアゲ、サンチァゴ、オリオン、バヨンポン、サンタフェと南下し、鉄兵団が百日間守り抜いた激闘のバレテ峠もすぎた。わが野砲の埋まる鈴鹿峠を望見すれば、バレテ峠のかなたに霞むばかりであった。

今は勝利者となったゲリラの部落を通ると、大勢でトラックを囲み罵声と共に石を打つけられた。

かつての皇軍兵士は、体を寄せ合い、首べを垂れてじっと難に耐えるだけだった。

早朝出発し、午後三時、サンホセに着く。

ここから鉄道でマニラまで無蓋車に、荷物のように積み込まれる。市街地を通過するとき狙撃され、何人かが犠牲になった。

これも戦死だった。

マニラから二〇キロ、最後の行軍である。収容所まで、魂の抜けた心に鞭打って歩いた。

収容所では米軍の古軍服を着て毛布一枚を持ち、幕舎へ二十人づつ、将校、兵、邦人と別けて入れられた。服にはペンキで鮮やかにP・Wと書いてあった。

杉山少尉は栄養失調で躰が腫上がり、起き上がることもできなかった。

戦争は終っても生きることは、諦めなければならないと思った。

病院船に乗せられた。

浦賀に帰り着いた。

生きて帰れるとは思えなかったので、誰にも連絡しなかった。

米軍の夏服で雪の浦賀港は寒かった。

上から白衣を着せられ、思わずよろよろと手をついた杉山少尉の掌に、祖国の砂が、ついた。


あれから五十年がすぎた。

かつての野砲兵第十一聯隊小隊長杉山少尉は、伊万里港の埠頭に立っていた。

伊万里湾に注ぐ伊万里川は、ゆったりと水量をたたえて過ぎ去った年月など知らぬげである。河口近くは埋め立てられて工場があり、周りは海水浴場のような安らいだ水面に波一つない。

伊万里は、江戸時代の初めに、日本で最初に磁器の窯が焚かれた古伊万里で知られる。伊万里港は鉄道が開通するまで、やきもの出荷で栄えた。

また古くは蒙古来寇のとき、伊万里湾を根城としていた松浦水軍が奮戦した。

その伊万里湾の奥を見下すように、小さな公園の見晴台がある。手摺りのある階段を半円形に上ると、荒削りの石碑があった。

中央に「南無阿弥陀仏」とあり、左側に「海上平安萬霊成仏」とある。裏面は石の表面も石斧のあとも粗く、凹凸の残るままに「石工犬山松次郎」とある。

この杳かに伊万里湾から遠く洋上に向かって立つ石碑は、しかし、伊万里の教育委員会でも、歴史民族資料館でも、その謂れはわからない。

杉山少尉は、一人、松浦鉄道へ乗った。この伊万里湾にそって佐世保に達する環状鉄道は、伊万里を始発して松浦、前浜の辺りで、伊万里湾が南海に臨むように外洋に向かって大きく開けている。

ルソン島、鈴鹿峠のわが陣地は、誰が名付けたか松浦山といった。

伊万里川を後にして長崎県の松浦市から望む夕闇の湾上に、あの日、影のように大船団が集結したのだ。

昭和十九年八月十九日の御前会議では、「今後敵の比島方面に対する潜水艦の集結使用は益々活発化し、船舶の被害は増加すべきも、敵が航空基地を獲得せざる限り本土と南方地域との海上交通は概ね維持し得べし」と、ある。しかし、そのときすでに第二十六師団の輸送船団は空母以下十三隻もの艦艇に護られながら、ルソン島を目前にバシー海峡で海底に沈んだのである。輸送船は十一隻。空母以下の護送艦も大半が撃沈された。

杉山少尉は、懼れ多い御前会議など知るどころではなかったが、フィリッピンには古い文化がある。今も残るタガログ語のハンバグhunbugという言葉は「ぺてん」のことだという。

立派に残る御前会議の記録がなぜかこのタガログ語を連想させる。

かって、杉山少尉たち三万五千の兵を載せた伊万里湾の波の音は、今、知る人もなく歴史は船影さえも残していない。

ルソン島の鈴鹿峠も松浦山もただ忘れられるだけである。

それでも、杉山さんはこの青い海をずっと南へ、東シナ海からバシー海峡の大波を越えてルソン島へ行ったのだ。

杉山さんは、老いた瞼をこすると、もう一度、海を見た。

足もとに浜ひるがおが咲き乱れていた。


かって、竹内浩三という詩人がいた。

兵隊の死ぬるや　あわれ
遠い他国で　ひょんと死ぬるや

一編の詩を残して、彼も死んだ。

レイテ島に上陸した、馬場聯隊長以下約八百の野砲兵第十一聯隊は、どうなったか。

戦い熄んで、祖国に帰還したもの、一人。

あとがき

無言館を救った白馬の騎士、と窪島さんにのせられて、いい気になり、駄馬に跨って小説を書いた。そんなわけで、野見山暁治さんに表紙とカットを戴いた。だから、この本は、表紙と窪島さんの帯だけで充分値打ちがある。その上製本も上等である。つまり中身はおまけである。

ただ、野見山さんも窪島さんも、それにこの私も、この世には美しいものがあると、ひそかにたどった糸が、どこかで繋がったのだと思う。こんなことが偶にはあるのかと私にもよくわからない。

二〇〇三年九月

坂上　吾郎

◆著者紹介

坂上吾郎（さかのうえ・ごろう）

1932年　豊橋市に生まれる
1968年1月～1983年12月　月刊紙『石風草紙』を発刊（主幹）
1989年　ポリドール㈱「私の愛」「故旧よ何処」作詞　唄・菅原洋一で製作
その他豊橋市において発刊される日刊紙　東愛知新聞及び東海日日新聞に客員として随筆を寄稿

本名　**池田　誠**（いけだ・まこと）

1960年　税理士登録
1977年　東海税理士会常務理事、コンピュータ委員長
1980年　エルメスコンピュータ㈱設立　社長
1983年　『税務調書マニュアル』（共著）ぎょうせい出版
1984年　IBMモデル世界標準仕様　企業経営ソフト「流石」完成
1993年　『経営に活かせるコンピュータ実務』ダイヤモンド社　出版
1995年　文藝春秋巻頭随筆10月号執筆
1997年　『北千島　占守島の五十年』（編著）國書刊行会出版
1998年　野見山暁治氏、窪島誠一郎氏と共に戦没画学生慰霊美術館「無言館」運営委員
2000年　情報処理新興事業協会（IPA）情報ベンチャー事業支援化ソフトウェア開発事業に採択され、中高年向経営管理学習システム「さあ　はじめよう」全五巻完成
2002年　特許発明者登録（INVENTOR）「コンピュータを用いた財務会計の処理方式及びプログラム」
その他国税庁税務大学校等にて講演

一人 I　坂上吾郎小説集

二〇〇三年九月二五日初版印刷
二〇〇三年一〇月一日初版発行

著者　坂上吾郎
発行者　生井澤幸吉
発行所　玲風書房
東京都中野区新井二—三〇—一一
バンデコンデザインセンター
電話　〇三（五三四三）二三一五
FAX〇三（五三四三）二三一六
印刷製本　新晃グラフィック株式会社

落丁・乱丁はお取り替えします。

ISBN4-947666-28-5 C10093 Printed in Japan ©2003